フィギュール彩㊽

Лекции по русской литературе:
мир Чехова в рассказах и повестях
Синъя КОРИ

チェーホフ
短篇小説講義

郡 伸哉

figure Sai

彩

彩流社

はじめに

大粒の湿った雪が降っている。気温はプラス三度である。「でもこの暖かさは地表だけのことだ。大気の上の層ではまったく違う温度なんだ。」これは、ロシアの作家アントン・パーヴロヴィチ・チェーホフ（一八六〇－一九〇四）の短篇小説『犬をつれた奥さん』（一八九九）の主人公が口にする言葉である。主人公はいま、妻以外の女性との密会に出かけようとしている。もはや遊びの対象ではなくなった相手に会いにいくついでに、彼は自分の娘を学校に送っていく。雪が降るので、道すがら、彼は雪のなりたちを娘に説明する。それがいま示した場面である。大気の層について説明しながら、主人公は考える。自分には二つの生活がある。一つは、みなが目にしている生活、嘘も本当も仮のものであるような生活。もう一つは、そのなかにいる限り自分を欺かずにいられ、自分の生活の核となるものが密かに息づいている生活。

男女の愛に限らず、こうしたジレンマの体験自体は特別なことではない。しかしそれを大気の層にたとえて納得する人は少ないだろう。そんな理屈をこねてどうするのだ、と思う人もいるだろう。気にとめずに読みすすめる人も多いかもしれない。しかし、このように理屈をつけるところ、そしてその理屈のつけかたが、チェーホフの世界を形づくる重要な要素になっているとわたしは考える。それを三点に分けて述べながら、本書の狙いを示したい。

まず、雪は凛とした上空の寒気で形成される。その雪がいま、生ぬるいこの地上に落ちてくる。そして、やがては融けていくだろう。おそらく、この温度差の感覚と雪の質感が大事なのだ。チェーホフの登場人物たちは、このように自然的・物質的な感覚に重ねあわせて、自分の心のありようを感じとる。これが一点目である。

雪を見て考えたとき、主人公は自分のなかに外部から独立した確かな内面を確認したといえる。もちろん、そのとき内面と外面は引き裂かれたままである。しかしこの瞬間から主人公の意識は、それまでと異なったはたらきかたを始める。

チェーホフの登場人物たちは、何かをきっかけに、自分が縛られている、とらわれていると強く感じる。そして何にもとらわれない自分を求めて、さまざまな思考や行動を試みる。だがそれらが、ほんとうにとらわれのない自分につながるのか？　つながらないことが明らかとなるか、つながるかどうか不明であるか、あるいは、そもそも取りかかる手立てが見つからぬままか（『犬をつれた奥さん』の場合はそれである）――それ以外の成り行きがチェーホフのなかに見つかるわけではない。しかし、チェーホフの作品を読めば、人は知らずしらず、心のなかに問いを発しているに違いない――何かにとらわれずにいることは可能なのか？　可能だとすればどのようにか？　さきほどの雪をめぐる思考も、この問いに導く入口となっている。これが二点目である。

チェーホフの父は食料雑貨を売る小売商をしていた。きわめて頑固な性格で、仕事の手伝いでも、自分が組織した教会の合唱団への参加でも、有無をいわせず子供を従わせ、体罰も振るうような人であった。チェーホフが十六歳のとき、父は債務を逃れるため、住んでいた町からモスクワに逃げていく。兄たちはすでにモスクワで学んでおり、母も妹も弟もやがてモスクワに出ていく。チェーホフはひとり故郷に残り、家財を処分し、家庭教師で糊口をしのぎ、親に仕送りをしながら勉強を続ける。医学部に入るために出てきたモスクワでも、しばらくは家族とともに貧窮の生活を送る。そのうち、さまざまな雑文を書くことで収入を得はじめ、やがては、かつて専制的だった父をも養って暮らすことになる。

チェーホフが残した言葉の量は膨大である。ロシア語のチェーホフ全集は全部で三十巻にのぼる（作品十八巻、書簡十二巻）。一方、チェーホフの生涯はわずか四十四年と半年であった。若いころ彼は、ユーモア短篇、寸劇、ルポルタージュなどの小品を量産し、一八八七年（二十七歳）までの八年だけで五百篇以上を書いている。一八八八年以降は数が減り、そのなかに傑作とされる小説や戯曲が含まれる。手紙の数も膨大である。全集に収められたものが四千通以上、それ以外に二千通ほど書いたといわれる。そこにも、冗談、地口、パロディーなど、遊びとユーモアの精神がちりばめられている。もちろんその内容は、生活上、仕事上の些事にあふれている。それと同時に、人間の自由や自立といった事柄への言及も多く見つかる。作品の場合は、作者の考えが直接書かれてはいないが、やはり物質世界がふんだんに書きこまれる一方で、とらわれない精神ということが重要な主題となっている。

チェーホフが生まれた翌年の一八六一年は、ロシアの農奴解放の年であった。農奴解放を皮切りに、アレクサンドル二世は一連の改革を実施する。これにより、不十分といわれながらも、さまざまな面でロシアの近代化が進められた。一方、チェーホフが没した翌年の一九〇五年には、ロシア革命の第一次革命が起こっている。これらがチェーホフの生きた時代をはさんでいる。そして彼が執筆活動を始めてまもない一八八一年には、皇帝アレクサンドル二世が暗殺されている。政治的エネルギーは蓄積していき、他方、社会に背を向ける内向きの志向も広がっていったことだろう。もちろん検閲も厳しさを増し、チェーホフもそれと闘わなければならなかった。

チェーホフにとって身を立てることは、生活の些事にまみれながら、世の中の雑多な出来事やこまごまとした日常を題材にした文章を書くことから始まった。そのことは、たんに文章の鍛錬の場となったという以上の意味をもっていたに違いない。のちの作品のなかでチェーホフの言葉は、精神世界を伝えるものとして深められていくが、そこでも、言葉と思考はあくまで日常生活や物質世界に密着したものとして存在している。この傾向は、彼が医学部で科学教育を受け、医者として働いた経験によっても強められただろう。

冒頭に見た、大気の層を人間の生活に重ねあわせる思考も、この傾向の一つの表れである。この比喩でとらえられた「二つの生活」とは、そのあいだを事物が移動できるような単一の世界の二つの場所であり、現象の世界とそれを超えた理念の世界といった二元的なものからは遠い。これが三点目である。物質と精神を同じ論理でとらえ、日常と非日常を同じ地平に見る姿勢は、チェーホフのいたるところに見いだすことができる。

チェーホフの登場人物たちが、閉塞や束縛を感じ、そこから逃れようとさまざまな思考を試みるときにも同じことがいえる。即物的な思考はもちろんのこと、観念的な思考――高度に観念的な思考もチェーホフの世界にたくさんある――も、物質的・現実的基盤とのかかわりのなかで示される。そして、閉塞や束縛を逃れようとする彼らの試みは、たいていの場合、自らを縛ってしまうかたちで終わる。だが、そうしたとらわれの状況と、そこにいたるプロセスを徹底して描くこと、そのなかにこそ、とらわれのなさをめざす精神がはたらいているに違いない。そして、そのはたらきに触れようとするならば、観念や理念のなかにではなく、現実的、日常的な世界の描写のなかに探るしかない。

ロシア文学といえば、チェーホフの先輩にあたるフョードル・ドストエフスキー（一八二一―一八八一）やレフ・トルストイ（一八二八―一九一〇）という強い個性が光を放っている。彼らは何かを説き、それによって人びとの思考を支配したと考えられている。それと比べると、チェーホフは積極的に思想や信念を説いたわけではない。むしろ説くことを意識的に避けている。それは、とらわれをどこまでも回避する姿勢と表裏をなしている。

裁断を避け、思想の押しつけをしない作品、そのような作品に対しては、可能な限り思いこみを排した慎重な読みが求められる。慎重さの中味は、しかし特別なものではない。他の作家の作品を読むときと同じように、個々の言葉について、それが背負う背景に目を向けながら、何について、どこからどこへ発せられているのかをじっくりと考えることになる。

本書では、あまたあるチェーホフの作品のなかから、『学生』（一八九四）という、きわめて短い小説を取りあげ、まずは、それに対する徹底した読みを試みたい。その舞台背景を、自然環境、社会、宗教、思想などの面から多角的に検討し、主人公の知覚と感情と思考の動きを克明にたどり、そこに隠された論理を浮かびあがらせ、個々の言葉が果たす役割を探る。その際、さきに述べた三点の特徴を念頭に置きながら、広くチェーホフの世界全体に適用できるような論点を、可能な限りこの作品から取りだしたい。

同時に、それをふまえて、チェーホフの散文作品を広く見わたしてみる。その際、チェーホフの世界を構成する〈空間〉と〈気分〉を俎上にのせ、それらに形をあたえるイメージと言語表現を考察する。イメージに関しては、とくに〈空気〉のイメージを扱うことになる（冒頭に見た、雪と大気の層のイメージもその一例である）。言語表現については、『僧正』（一九〇二）という晩年の作品をおもな素材に考察をすすめる。

なおチェーホフは、戯曲によって演劇の世界にもきわめて大きな影響をおよぼしたが、本書が扱う対象は散文に限定していることを断っておきたい（タイトルでは短篇小説で代表させたが、中篇小説を含む。また、必要に応じて戯曲にも言及する）。

本書の構成を簡単に示しておくと、まず『学生』の全文を私訳で掲げ（第一章）、その舞台背景と思想内容を詳細に検討する（第二、五章）。並行して、チェーホフの散文世界全体を〈空間〉と〈気分〉（風土、心情、視線、感覚）の観点から概観し（第三、四、六章、第七章1）、最後にイメージ（第七章2・3）と言語表現（第八章）を観察する。

それではさっそく、六頁弱の小品を読み、それを入口として広大なチェーホフの森へと歩みを進めていこう。

目次

第一章　アントン・チェーホフ『学生』――作品全文

はじめは晴れていて穏やかな天気だった。ツグミが鳴き、隣の沼地では何かの生き物が空ビンに息を吹きこむような悲しげな音をたてていた。ヤマシギが一羽飛んでいった。と、それを追う銃の音が、春の空気の中に朗々と楽しげに響きわたった。だが森の中が暗くなると、折悪しく、しんしんと冷えた風が東から吹きこみ、あたりは静まりかえった。水たまりに氷の針が広がり、森の中は居心地悪くなり、ひっそりとし、ものさびしくなった。冬の気配がただよいはじめた。

神学大学の学生で、教会の堂務者*1の息子であるイヴァン・ヴェリコポーリスキーは、ヤマシギ狩りからの帰り道、春先に冠水する草地の中を、小道伝いにずっと歩いていた。指はこわばり、顔は風でほてっていた。突然やってきたこの寒さは、あらゆる秩序と調和を崩したように彼には思われた。自然そのものが不気味がっているようで、そのため夕闇が深まるのが異様に速いように思われた。あたりは荒涼とし、何か特別な陰気さがただよっていた。ただ川のそばにある未亡人の菜園にだけ火がともっていた。あたり一面遠くまで、四露里*2ほど先の村があるところも、何もかもがすっかり冷たい夕闇に沈んでいた。学生は、家を出るときに母親が玄関の床に裸足ですわってサモワール*3を磨いていたこと、父親が暖炉の上に横になって咳をしていたことを思いだした。聖大金曜日[*4]だったので、家では食事をつくらず、おなかがひどくすいていた。そしていま、寒さに身を縮めながら彼はこう考えていた。ちょうどこんな風がリューリク[*5]の時代にも、イヴァン雷帝[*6]の時代にも、ピョートル[*7]の時代にも吹いていたのだ。どの時代にもまったく同じようなひどい貧困と飢えがあり、同じような穴だらけのわらぶき屋根、無知、憂い、同じような一面の荒涼、暗黒、重圧感があったのだ。こういったおそろしいことが、昔もいまも存在し、これからも存在するのだ。そしてこれから千年が過ぎ去ったとしても生活はよくならない。そんなことを考えた。家に帰る気がしなかった。

ここが未亡人の菜園と呼ばれていたのは、母と娘の二人の未亡人が営んでいたからだ。たき火は熱く燃え、パチパチと音をたて、すき起こされた周囲の土地を遠くまで照らしていた。未亡人ヴァシリーサは背が高く太った老女で、男物の短い毛皮コートを着て火のそばにたち、物思いにふけって火を眺めていた。娘のルケーリヤは小柄な、あばた面の女で、少し頭が鈍そうな顔をしていたが、地面にすわりこんで鍋とスプーンを洗っていた。どうやら夕食を終えたばかりらしい。男たちの声が聞こえてきた。ここの使用人たちが川で馬に水をやっていたのだ。

「冬が戻ってきましたね。こんにちは」と学生はたき火に近づきながら言った。

ヴァシリーサは体をびくりとさせたが、すぐに彼のことがわかり、愛想よくほほえんだ。

「あなただったのね、気がつかなかったわ」とヴァシリーサが言った。「お金持ちになりますよ。[*8]」

二人は少し話をした。ヴァシリーサは世故にたけた女で、かつて地主の家で乳母をし、そのあと子守をしていたので、言葉づかいがていねいで、おだやかで品のよい笑みを絶やさなかった。娘のルケーリヤは田舎者で、夫に殴られていた女だが、ただ目を細めて学生を見ながら黙っていた。その表情は奇妙で、耳と口が不自由な者のようだった。

「ちょうどこんなぐあいに、使徒ペトロは、冷たい夜に、たき火で暖まっていたんです」と、両手を火にかざしながら学生は言った。「つまり、そのときも寒かったんです。ああ、なんておそろしい夜だったことでしょうね、おばあさん！　とんでもなく気のふさぐ、長い夜だったんですよ！」

彼はあたりの闇を見わたし、頭をぶるりと振ると、こう尋ねた。

「十二福音のお祈り[*9]には行きましたよね？」

「行きました」とヴァシリーサは言った。

「もし覚えているなら、最後の晩餐でペトロはイエスにこう言いましたね。『わたしはあなたとご一緒なら、牢屋に入っても、死んでもいいと覚悟しています。』それに対して主は言われます。『ペトロ、言っておくが、あなたは今日、鶏鳴《けいめい》を聞く前に――つまりニワトリが鳴くまでに――三度わたしを知らないと言うだろう。』晩餐のあと、イエスは庭で死ぬほど苦しみ、祈っていました。あわれなペトロは心が疲れはて、体が弱り、まぶたが重くなって、どうしても眠りに打ち勝つことができませんでした。そして眠りました。それからこういうことを聞きましたね――その夜、ユダがイエスに接吻して、イエスを迫害者に売り渡しました。イエスは縛られて大祭司のところへ連れていかれ、殴られました。一方ペトロはくたびれはて、憂いと不安にさいなまれ――わかりますか？――眠りも足りないまま、いまにも地上に何かおそろしいことが起こりそうな予感がしながら、あとについていきました……。ペトロは、われを忘れるほど強くイエスを愛していたけれど、いまそのイエスが殴られるのを遠くから見ていたんです……。」

ルケーリヤはスプーンを置いて、すわった目で学生を見つめた。

「大祭司のところへ着くと」――と学生は続けた――「イエスは尋問にかけられ、大祭司の使用人たちはそのあいだ寒かったので、中庭で火をたいて暖まりました。その人たちといっしょにペトロも火のそばに立って暖まりました。ちょうどいまわたしがこうしているようにね。ひとりの女がペトロを見て言いました。『この人もイエスといっしょにいました。』つまりペトロも尋問に引きだされなければならないというのです。火のそばに集まっていた使用人たちはみな、きっと彼を疑いの目で厳しく見たに違いありません。というのは、ペトロはうろたえてこう言ったからです。『わたしはあの人を知らない。』しばらくするとまた誰かが、ペトロがイエスの弟子のひとりだと気づいて言いました。『おまえもあの連中の仲間だ。』でも彼はまた否定しました。そして三度目に誰かが彼に向かって言いました。『今日、園であの男と一緒にいたのはおまえではないか?』ペトロはまたも否定しました。そしてこの三度目に否定したすぐあとに鶏が鳴き、ペトロは遠くからイエスをちらりと見て、晩餐のときにイエスから聞かされた言葉を思いだしました……。思いだすと、はっとわれに返り、中庭から出ていって、激しく激しく泣きました。福音書にはこうあります。『外に出《い》でて、甚《いた》く泣けり。』想像するに、静かな静かな、暗い暗い園で、静けさの中に押し殺した嗚咽がかすかに聞こえていたことでしょう……。」

学生はため息をつき、物思いにふけった。それまでずっとほほえんでいたヴァシリーサは、突然すすり泣きを始め、大粒のあふれる涙が頬を流れた。そして涙を恥じるように袖をかざして火から顔を覆った。ルケーリヤは学生をじっと見つめて顔を赤らめた。その表情は、はげしい痛みをこらえる者のように、重く緊張したものとなっていた。

使用人たちが川から帰るところだった。馬に乗ったそのうちのひとりがもうそばまで来ていて、たき火の光がその男に映って揺れていた。学生は未亡人たちに夜の別れを告げて先に進んでいった。するとふたたび闇が始まり、手が凍えはじめた。はげしい風が吹き、ほんとうに冬が戻ってきた。あさってが復活祭だとはとても思えなかった。

いま学生はヴァシリーサのことを考えていた。彼女が泣いたのだとすれば、それはあのおそろしい夜にペトロの身に起こったことが、彼女と何か関係があるということなのだ……。

彼は振りかえって見た。ぽつんと燃えている火は暗闇の中で静かにまたたき、そばにもう人は見えなかった。学生はまた考えた。ヴァシリーサが泣いたのなら、そして娘が平静を失ったのなら、彼が語ったばかりのこと、十九世紀も前に起こった出来事は、おそらく現在と関係があるのだ。それは二人の女と、そしてたぶんこの荒れた村と、彼自身と、そしてすべての人びとと関係があるのだ。もし老婆が泣いたのなら、それは彼が感動的に語れるからではなく、ペトロが彼女に近い存在だからであり、ペトロの心の中で起こったことに、彼女という存在がまるごと惹かれたからなのだ。

すると突然、よろこびが彼の心に押しよせてきた。そして彼は息をつぐために一瞬立ちどまりさえした。「過去は現在と」――と彼は考えた――「つぎからつぎへと流れでていく出来事の途切れのない鎖でつながっている。」そして彼は、ちょうどいまこの鎖の両端を見たような気がした。一方の端に触れると、もう一方の端がふるえたのだ。

渡し舟で川を渡るあいだ、そして丘に登って自分の生まれ故郷の村を眺め、西の方で冷たく赤い夕焼けが細い筋となって燃えるさまを見ているあいだ、彼はこう考えた。あの園と大祭司の中庭で人間の生活を導いていた真実と美は、きょうまで途切れることなく続き、おそらくは人間の生活とこの地上全体において、つねに重要なものであったのだと。そして若さと健康と力の感覚――彼はまだ二十二歳だった――そして幸福への期待、知られざる神秘につつまれた幸福への言いようもなく甘い期待が、しだいに彼をとらえていき、彼にとって人生は、魅惑的で、驚異的で、高い意味に満ちたものに思われたのだった。

＊1　位階を有しない教会勤務者で、司祭や輔祭を補助する人。
＊2　距離を表すロシアの旧い単位。一露里は約一〇六七メートル。
＊3　ロシアの伝統的な湯沸かし器。
＊4　復活祭の二日前の金曜日。キリストの受難（十字架にかけられたこと）を記念する日。
＊5　九世紀のロシアの建国者とされる人物。
＊6　一六世紀のロシア皇帝。
＊7　一七世紀末から一八世紀初めのロシア皇帝。
＊8　知り合いと出会って相手に気づかなかったときに使う表現。
＊9　新約聖書の四福音書からの十二の抜粋（十二福音）を、復活祭前の木曜夜から金曜にかけて読む教会の行事。

第二章　舞台背景を読む

1　何に着目するか

これから『学生』の舞台背景を詳しく見ていくが、あらかじめ着目点を示しておきたい。以下にそれを太字で示しながら作品の概要を振りかえっておく。

◆場所と時

場所はロシアのどこかの**農村**の近辺。時期は春先の**復活祭前の金曜日**（キリストの受難を記念する日）の夕方のこと。寒気が戻り、**凍てつくような風**が吹きこんでくる。

最初の場面では、主人公は**冠水した草地**を歩いている。最後の場面では川を渡り、丘に登り、**夕日に染まる空**と故郷の村を見わたす。

◆登場人物

神学大学の学生、農民の母と娘

◆主人公の行動と考え

主人公は**ヤマシギ狩り**からの帰り。寒さと空腹をきっかけに、**人間の歴史を覆う悲惨**について考える。女たちに**ペトロをめぐる福音書のエピソード**を語る。ペトロの物語を聞いた女たちの反応を見て、ペトロの時代と現在とをつなぐ**出来事の鎖**に触れたと感じ、**真実と美**が地上でつねに重要であったと考える。

◆描写の特徴

重層的なコントラスト、すなわち寒さと暖かさ、闇と光、東(風)と西(夕日)、**閉塞感と幸福感**の対比が見られる。そのなかで、**たき火**は暖かさと光を表す。たき火は、ゆらめきながら、あたりの耕地と労働者を照らしだす。また、たき火はペトロの物語のなかのたき火と重ねられている。**ゆらめく火**の描写は、チェーホフの創作全体にくりかえし現れるものである。

自然の描写に関しては、冒頭の、人間が登場しないうちから人間の知覚が投影された描写や、「自然そのものが不気味がっている」といった、人間の感覚が自然に溶けこんだような描写が着目される。

2　自然環境・社会環境を見る

晩年のチェーホフと親しかった作家イヴァン・ブーニン（一八七〇－一九五三）は、チェーホフ自身がこの作品をとくに好んでいたと伝えている。またチェーホフの弟イヴァンは、チェーホフがこの作品を完成度の高いものと考えていたと伝えている。しかしこうした周囲の証言は措いておき、先入観をもたずに読んでいくことにする。この作品を本書の核に据えたのは、まずこの作品がきわめて短く、精緻に読みこむ対象として扱いやすいこと、それでいながらチェーホフの世界全体の考察へと広げていけるような要素が多くつまっていること、そしてもちろん作品自体の魅力のゆえである。

まず、この物語が展開する自然環境と社会環境はどのようなものか。「冠水した草地」、「ヤマシギ狩り」、「風のはたらき」、「火のはたらき」、「農村」に注目して見てみたい。

◆冠水した草地

最初、主人公は草地を歩いている。春なので、川の周辺では、氷と雪解け水が氾濫して草地を満たしている。こうした場所を歩く人はどんな感覚をもつのだろうか。

増水は、多すぎれば洪水の害をもたらす。しかし冠水した土地は、土壌が肥え、豊かな実りをもたらす。したがって冠水は、春の訪れを示すということとあわせて、豊饒につながるイメージをもっている。しかもこれは、この時期の農村で毎年見かける日常的な風景なのである。日本であれば、水を張った水田が、もう少し遅い時期の日常風景としてあるが、それと違ってこちらは区画も仕切りもない広大な空間に水が茫漠と広がっている。つまり冠水した草地とは、水と大地が相互に溶けあう場所であり、恵みをもたらすが手なずけられることもない、自然の力が現れた場所なのである。そこを歩けば、人間の生活がそうした自然のまっただ中にあることを実感するに違いない。

理解の助けとして、イヴァン・トゥルゲーネフ（一八一八－八三）の小説の一文を掲げておこう。「それは広大で広漠とした、雪解け時に冠水する草地で、そのなかには小さな草地、小さな湖、小川、周囲をヤナギ類の茂みに囲まれた淀《よど》などが無数にあった。まさにロシア的な場所、ロシア人が愛する場所で、われらの古きブイリーナ［ロシアの口承英雄叙事詩］の英雄たちが、白鳥や灰色の鴨を狩りに出かけたような場所なのであった。」（「音がする！」一八七四、『猟人日記』）。

この時期の自然のダイナミックな面については、アファナーシー・フェート（一八二〇－九二）の詩「ふたたび見えない力がこめられ」（一八五九）を読むとよくわかる。北方の土地に春が訪れると、太陽が輝きを増し、鳥たちは喜びの声でさえずりだす。川は楽しげな轟音をたて、溶けた氷を押し流していく。「その先の広大無辺な畑には／川が海のように広がっている／鋼鉄の鏡よりも光をたたえて。／そして川の中心へ向けて／小川がつぎつぎと氷塊を放っていく／まるで白鳥の群れを放つように。」

こうした雄大なロシアの自然は、絵画の重要な題材でもあった。十九世紀ロシアの多くの画家がロシアの自然の詩情を描きあげた。イサーク・レヴィタン（一八六〇－一九〇〇）にも《春、増水》（一八九七）いう絵があるが、彼はチェーホフと同年生まれの友人であり、しばしば同じ自然環境のなかでともに時を過ごした。チェーホフとレヴィタンの関係についてはあとで詳しく見る。

◆ヤマシギ狩り

『学生』の出来事は、春の日暮れ時のことであるが、それはヤマシギ狩りと深くかかわっている。事典などによると、ヤマシギとは、嘴《くちばし》が細くて長く、ハトくらい大きさの、まるまるとした体の鳥である。肉は食用となり、狩猟の対象となる。その狩猟、とくに春のヤマシギ猟を、ロシア語で「チャーガ」と呼ぶ。この時期、南方で冬を過ごして渡ってきたヤマシギは、すぐに交尾期に入り、オスがメスを求めて鳴きながら、木から木へと飛ぶ求愛行動をするという。「チャーガ」という単語は、動詞チャヌーチ（「引く」の意。俗語で「移動する」の意も）の名詞形だが、狩猟用語としては、いま述べたヤマシギの繁殖期の求愛飛行をさし、さらにはその時期の狩りの名称ともなった。この狩猟は三月末から四月に行われるので、春の森のすがすがしい空気を満喫できるということで狩猟家に人気がある。ロシア文学の題材としてもしばしば取りあげられていて、とくにアレクセイ・トルストイ（一八一七－七五）の詩「ヤマシギ狩り（チャーガ）で」（一八七一）と、トゥルゲーネフの「エルモライと粉屋の女房」（一八四七、『猟人日記』）に詳しい叙述がある。ここではトゥルゲーネフの文章を紹介しておきたい。

春、日が沈む十五分前に、あなたは銃をもち、犬を連れずに木立に入っていく。森の縁のどこかに自分の場所を定め、あたりを見まわしながら銃の雷管を点検し、仲間と視線をかわす。十五分が過ぎた。日は沈んだが森はまだ明るい。空気は清く澄みわたっている。鳥たちがにぎやかにさえずっている。若草はエメラルド色の陽気な輝きを放っている……。あなたは待っている。森のなかはしだいに暗くなっていく。夕映えの赤い光が木々の根と幹をゆっくりとすべって上へ上へと昇っていき、まだほとんど葉をつけていない下枝から、動きもせず眠りに落ちていく梢へと移っていく……。そしていちばん上の梢も薄暗くなった。赤い空が青色に変わっていく。森の匂いが濃くなり、あたたかい湿気がほんのりとただよいはじめる。風が吹きこんできて、あなたのそばで止まる。鳥たちが鳴きやむ――だが一度にではなく、種類ごとの順に。まずはズアオアトリが静まる。すぐあとにはヨーロッパコマドリ、つづいてホオジロが鳴きやむ。森はどんどん暗くなっていく。木々は溶けあい、大きな塊となって黒ずんでいく。青い空には最初の星々がおずおずと姿を現す。小鳥はみな眠っている。ジョウビタキと小さなキッツキだけがまだ眠たげに声をたてている……。それらも鳴きやんだ。一羽のムシクイの声だけが、あなたの上でもういちど響きわたる。どこかでコウライウグイスが悲しげに鳴き、ナイチンゲールがチチッと最初の声をあげる。あなたは期待に胸を焦がしている。すると突然――狩猟家しか理解してくれないだろうが――深いしじまのなかに独特のキイキイ、シュウシュウいう音が響きだし、翼をすばやくリズミカルに振る音が聞こえてくる。そして一羽のヤマシギが長い嘴をすら

シーシキン《海のような川の氾濫》(1890)

レヴィタン《春、増水》(1897)

りと傾けて、暗い白樺の向こうからあなたの射程へと、すうっと飛びだしてくる。

（トゥルゲーネフ「エルモライと粉屋の女房」）

ここには「犬を連れずに」と書いてあるが、犬は連れていくこともある。ヤマシギ狩りのようすは、トルストイの『アンナ・カレーニナ』（一八七五―一八七七）にも描かれている。ちなみに、芥川龍之介に『山鴫』（一九二一）という作品があって、トゥルゲーネフとトルストイを登場させ、二人にヤマシギ狩りをさせている。それぞれの作家の作品をうまく取りこんでいるが、突如飛びだしてくるヤマシギの描写では、「トゥルゲーネフ自身の言葉を借りれば」とことわって、「エルモライと粉屋の女房」から引用している。それ以外に、さまざまな鳥の鳴き声を聞きわける場面も、いま引用した「エルモライと粉屋の女房」の冒頭部分を意識していると考えられる。

ヤマシギをさすロシア語のヴァリトシュネープ вальдшнеп はドイツ語 Waldschnepfe からきている。ちなみにフランス語では、bécasse がヤマシギをさし、bécassine がタシギをさすようだが、前者がロシア語に入って、タシギを表すようになっている（ベカス бекас）。どちらの鳥も、ロシアの地方ごとに呼び名があったようだが、ドイツ語やフランス語由来の単語が定着した（他方で「ヤマシギ狩り」を表す「チャーガ」はロシア語である）。なお、『学生』が書かれる少し前、フランスではギ・ド・モーパッサン（一八五〇―九三）が、ヤマシギという言葉が題名に入った作品を書いている（『ヤマシギ物語』 *Contes de la bécasse* 一八八三、『ヤマシギ』 *Les bécasses* 一八八五）。前者は宴でヤマシギを食べるとき、各自が話を披露するというもので、狩りそのものは主題ではない。後者ではヤマシギ狩りが話題になっているが、それは秋の狩猟である。

ところで、『学生』で述べられるチャーガの季節は、ちょうど復活祭の時期と重なる（復活祭は移動祭日なので、年によってずれがある）。『学生』の主人公が聖大金曜日、つまりキリストの受難を記念する日にヤマシギ狩りに出かけているというのは重要な点である。信仰厚き者にとって、一年でもっとも重要なこの日、食を絶たねばならないこの日に、こともあろうに神学大学生が狩りをしている。そしてその帰りに、女たちに福音書のことを語っているのである。この設定はしっかりと押さえておかなければならない。

参考として、一八八六年に書かれた『早すぎた！』という作品をのぞいてみよう。これは、狩猟好きの農民の男たちが、酒場で銃を飲み代の形《かた》にしたためにヤマシギ狩りができなくなる話である。酒場の主人は、男たちに向かって、「考えてもみろ、なんで鳥を撃つんだ。なんのためだ。いまは復活祭なんだから、どうせ食べられやしない」という。だが男たちは、「おれたちはただヤマシギ狩りに行きたいだけなんだ」と答える。結局、彼らは銃なしで猟場に出かける。そして、まるで猟銃を手にし、引き金に手をあてているかのような格好をして、息をのんでヤマシギの飛来を待ちかまえる。結局ヤマシギは来ず、猟にはまだ「早すぎた」ということで話は終わる。『学生』の主人公も、この男たち同様の度し難い狩猟好きなのであろう。なお本来なら、狩猟には当然、猟銃をもっていく。したがって、学生が女たちに福音書のエピソードを語るときにも銃をもっていたはずだし、狩りに適する服装をしていたはずだということも念頭に置いておく必要がある。

◆トゥルゲーネフ『猟人日記』

『学生』を読んだ当時の読者の多くは、ヤマシギ狩りが話題になっていることから、さきに引用したトゥルゲーネフの「エルモライと粉屋の女房」を思い浮かべたかもしれない。しかしこの作品は、ヤマシギ狩りだけで『学生』とつながっているのではない。じつはこの作品は、チェーホフが『学生』を書くときの下絵になっていたと考えられるのだ。

「エルモライと粉屋の女房」のあらすじはつぎのとおりである。ある春の日の夕方、語り手の「わたし」は、エルモライといっしょにヤマシギ狩りに出かける。エルモライというのは、語り手の隣の地主に属する農奴で、月に一度、射とめた鳥を地主に納めて生活している男である。ヤマシギ狩りの一日目が終わると、二人は翌朝の猟に備えて、近くの粉屋のそばで野宿することにする。そこでエルモライと粉屋の女房がたき火を起こし、話をしはじめる。二人の会話から語り手は、粉屋の女房が、その不幸な身の上を自分が聞きしっている女であることに気づく。屋敷づとめをしていた彼女には愛する男がいたが、農奴を人間扱いしない地主は、結婚を許さずに追いだし、男の方は兵隊にやったのである。

チェーホフは初期に書いた作品でも、トゥルゲーネフの『猟人日記』をよく利用している。たとえば『おかかえ猟師』(一八八五)は、右に紹介した作品のエルモライをモデルにした作品である。

『学生』には、エルモライのような雇われ猟師は出てこないが、作品全体として「エルモライと粉屋の女房」と多くの共通点をもつ。具体的には、①ヤマシギ狩りが出てくること、②春の夕方の出来事であること、②農村の周辺の川の近くでの出来事であること、③二人の農民と一人の知識人がたき火を囲んでいること、④食事時のことであること、⑤屋敷づとめの経験をもつ女が登場すること、⑥女が低くすわりこんでいること(「エルモライと粉屋の女房」ではひっくり返した桶に、『学生』では娘のルケーリヤが地面にすわりこんでいる)などである。

しかし、「エルモライと粉屋の女房」との関係だけを考えていては不十分で、『猟人日記』全体との関係も考える必要がある。『猟人日記』は短篇小説を集めたもので、一八四七年から五七年にかけて二十二篇が発表され、一八七二年から七四年に三篇が書き足された。いずれも農民と地主の生活と心情をルポルタージュ風に取りあげたものだが、一八六一年にロシアの農奴解放があったことから想像できるように、この作品のもった社会的影響力は大きかった。他方、これは文学史的にも画期的な作品であった。『猟人日記』は、それまでに存在していた「生理学的ルポルタージュ」というジャンルの観点から位置づけることもできるが、その抒情性と独自の語りのスタイルによって、それまでにない新しい文学の型を作りだした作品といえる。

『猟人日記』は、地主貴族の語り手が「わたし」として登場する。そして「わたし」は、狩猟のために、自分の生まれ育った領地の周辺のあちこちに足をのばし、そこで見聞するさまざまな出来事を語る。これを読むと、農村の生活の実態だけでなく、中部ロシアの自然環境がよくわかる。そこには森があり、曲がりくねった川があり、広大な野原があり、沼地があり、丘があり、谷もある。描写はときに、南方に広がる広大なステップにもおよぶ。こうしたロシアの大地を歩くなかで、語り手は、あるときは懐かしいものに再会し、あるいは感動をもたらす光景に出会い、あるときは悲しい出来事を見聞し、あるいは重苦しい現実を目撃する。これらの点は、チェーホフの『学生』と間違いなく通じている。

『猟人日記』と『学生』には、もちろん大きな違いもある。まず風景描写についていうと、『猟人日記』では、風景はもっぱら語り手の視点から提示されるので、それは主人公の心情ではなく、語り手の感情や思索を示す場となっている。一方、『学生』では、語り手は基本的に主人公の視点から語るため、風景描写は主人公の気分を示すための重要な手段となってくる。たとえば、「自然そのものが不気味がっているようで、そのため夕闇が深まるのが異様に速いように思われた」といった表現がそれである。このような風景と登場人物の心理の一体的な提示は、他の作家と比べたときに際立つチェーホフの特徴の一つとして、従来から指摘されているものである。

つぎに『猟人日記』は、「わたし」という冷静な観察者が登場する一人称の語りであるが、『学生』は、見えない語り手が主人公を「彼」として語る三人称の語りである。『猟人日記』の一人称の語りは、その後しばらくのあいだロシアの作家たちに対して強い影響力をもち、チェーホフも初期には『猟人日記』に類する一人称の作品をたくさん書いている。しかしチェーホフはその後そうした作品を書かなくなり、かわりに主観や感情を前面に押しだした、もっと自由なスタイルの一人称の語りを生みだした（『退屈な話』〔一八八九〕、『中二階のある家』〔一八九六〕など）。以上はチュダコーフが『チェーホフの世界』で指摘していることである。

『学生』は一人称小説ではないので、もちろんここに述べたことは直接には当てはまらない。しかしチェーホフとトゥルゲーネフのあいだには、語りの人称の問題をこえて深く通じるものがある。それは、語り手ないしは登場人物が、たまたま目撃した小さな出来事から、壮大で普遍的なテーマへと思索を自在に移していくことである。『学生』の主人公は、目の前の出来事（女たちの物語への反応）から、世界のなりたちの考察（歴史をつらぬく出来事の鎖の認識、真実と美の問題）へと思索を飛躍させる。こうした思索のありかたは、トゥルゲーネフの語り手の得意とするところである。そしてあとで見るように、もっと後期のチェーホフの作品のなかには、語りのありかたを含めて、いっそうトゥルゲーネフに近いものを見いだすことができる。

以上見てきたように、出来事と人物の設定において、また中部ロシアの自然環境を舞台としている点において、さらには出来事に触発される思索のありかたにおいて、『学生』という作品がトゥルゲーネフの『猟人日記』を下敷きにしていることは間違いない。それに加えて、もう一つの共通点を指摘しておきたい。『学生』ではたき火が大きな役割を果たしているが、じつはトゥルゲーネフにおいても、たき火が重要なはたらきをするのである。両者には、共通の〈火のシンボリズム〉を観察することができる。つぎにこの点を見てみたい。

◆風のはたらき

主人公がペシミズムに陥ったきっかけは、暖かい日和のなかに急に凍てついた風が吹きこんできたからである。そして冷たい風のために、「自然そのものが不気味がっている」と感じる。自然が感じる主体であるかのような表現のしかたは、チェーホフの他の作品でもよく出会う。たとえば、「不安と不眠が自然全体のなかにもあるのだという気がした」(『聖夜』一八八六)、「人が疲れていて眠たいとき、自然もまた同じ状態を感じているように思われる」(同)、「自然全体のなかに、何か希望のない、病んだものが感じられた」(『敵』一八八七)などである。ほかに、猛吹雪のあとの静けさを伝える表現として、「まるで自然が自分の放埓ぶり、無分別の夜、欲情の奔逸を恥じるかのように」(『役目がら』一八九九)といったものもある。

これらの例では「自然」が主題化されているが、そうでなくとも、さまざまな自然描写のなかで、人間の感覚が自然に溶けこみ、両者が一体となったかのような表現が見られる。これについてはあとで改めて考えるとして、ここでは風が自然全体の不気味さを象徴していることを確認しておきたい。

◆火のはたらき

風の冷たさや不気味さとコントラストをなすのが、たき火の暖かさと明るさである。たき火はまず主人公と二人の女を照らしている。二人の女は、たき火で食事を作り、いまはその片づけをしている。たき火はまた、周囲の耕作地をも照らし、さらには馬に水をやる男たちをも照らしだす。ようするに、たき火は生活と労働を映しだしていて、そこには、聖大金曜日であろうとも、ふつうの生活と労働を行う民衆が映っているのである。一方、主人公は、たき火にあたりながら、二千年前のペトロの物語を語り、ペトロがあたっていたたき火に思いをはせる。その結果、たき火は語っている現在と語られる過去とをつなぐはたらきもする。

たき火は人がおこすものである。火をおこすことで人は寒さに対抗し、日々の食事も作る。だから火は、自然の脅威に向きあいながら、あるいは自然を取りこみながら営まれる人間の生活を象徴することができる。たき火はまた、二千年前と現在をつないでいる。とすると、この火は、過去から未来へと続いていく人間の営みを象徴しているといえるだろう。「出来事の鎖」という発見をもたらしたきっかけは、人間が作りだす火なのである。

火の描写は、チェーホフの作品によく出てくる。たとえば『決闘』（一八九一）のなかには、ピクニックでたき火を囲む場面がある。「火のそばでは、袖をまくりあげた輔祭が動いていた。そして彼の長く黒い影が、たき火を中心としてのびるように行き来していた。」『曠野』（一八八八）のなかにも、たき火を囲んで人びとが話をする場面があり、そこでもゆらめく火の描写がある。部屋のなかであれば、暖炉の火やイコン（聖像画）の灯明が光源となる。『旅路』（一八八六）から引用すると、「イロヴァイスカヤは驚いて暗闇をのぞきこんだが、そこにはただイコンに映った赤い光の点と、リーハレフの顔の上で明滅する暖炉の火の反照が見えるだけだった。」これらの火の描写を『学生』の一節と比べると、類似性がよくわかる。「使用人たちが川から帰るところだった。馬に乗ったそのうちのひとりがもうそばまで来ていて、たき火の光がその男に映って揺れていた。」

チェーホフの描写一般について「印象主義的」ということがよくいわれるが、こうした〈ゆらめく火〉の描写がチェーホフの「印象主義」を支える一つの重要な要素であることは間違いない。火の光だけでなく、広く光の描写ということになれば、さらに多く見いだされる。光源としては、太陽・月・星といった天体もあるが、それらは、はるか彼方から世界を静かに照らす光であり、人間が作りだす光、周囲だけを照らす光、ゆらめく光とは異なる。チェーホフの場合、天体の光と人間世界の光の役割は区別されているように思われる。天体の光については、あとで考察することにする。

ところで、『学生』の下絵となったトゥルゲーネフの『猟人日記』の一篇「エルモライと粉屋の女房」も、たき火を囲んでの話であった。「火の前には、ひっくり返した桶の上に粉屋の女房がすわり、わが狩猟家と話をしている。」たき火の前で会話をするという設定は、同じ『猟人日記』の「ベージンの草地」（一八五一）にも出てくる。語り手の狩猟家が道に迷っていると、晩のあいだ馬の見張りをしている子供たちがたき火をたいているところに出くわし、そこで夜をすごす。子供たちが火を囲んで怖い話などをしているあいだ、語り手はたき火の火が大きくなったり小さくなったりするさまをじっくりと観察する。そしてそれを「闇が光と闘っている」と表現する。そのあとに続く描写を掲げよう。

ときどき炎が弱まり、火の輪が小さくなると、覆いかぶさる闇のなかから突然、馬の頭が浮かびあがる。あるときは栗毛に白い曲がった筋が入った頭で、またあるときは真っ白な頭で、それらは丈の長い草をすばやく噛みながら、わたしたちをじっと、うつろに眺めているかと思うと、下に退くようにさっと消えていく。（トゥルゲーネフ「ベージンの草地」）

〈ゆらめく火〉に対するこだわりは、トゥルゲーネフの他の作品にも見られる。『散文詩』（第一部一八八二）のなかの「犬」という作品は、人間が犬と向きあっているさまを描いている。そして、「わたしたちのどちらにも、そのなかに同じふるえる火が燃え、光っている」と書かれている。〈ゆらめく火〉を、生命を表すものとしてとらえていたことがわかる。トゥルゲーネフはまた、こうした火と並んで、木洩れ日のゆれる光も、人物や出来事を照らしだすものとして使っている。

チェーホフは、『猟人日記』をたんに自分の作品の構図の下絵として利用しただけではなく、〈ゆらめく火〉の描写もあわせてそこから受け継いだと考えられる。『猟人日記』は、全体として、狩猟による空間移動のなかで、ロシアの自然・社会・精神の奥行きと広がりをとらえて示す作品ということができるが、その際に、〈ゆらめく火〉は、生命の営みを映しだすものとして重要な役割を果たしている。『学生』のたき火もまた、主人公が物語を始めるきっかけを作るだけでなく、遠い過去と現在の人間の営みを結びつけて示すシンボルとしてはたらいている。

ここでついでに記しておくと、芥川龍之介もトゥルゲーネフの〈ゆらめく火〉へのこだわりに気づいていたと思われる。さきにも言及した『山鴫』という作品は、トルストイとトゥルゲーネフを描いたものだが、なぜかトゥルゲーネフを描写するときに、ゆれる火に照らしだされるようすを描いている。「トゥルゲーネフはやつと身を起すと、白髪の頭を振りながら、静に書斎の中を歩き出した。小さな卓の上の蝋燭の火は、彼が行つたり来たりする度に、壁へ映つた彼の影を大小さまざまに変化させた。」「トゥルゲーネフは大きな息をしながら、ふと龕の前に足を止めた。龕の中には大理石の像が、遠い蝋燭の光を受けた、覚束ない影に浮き出してゐる、――それはリヨフには長兄に当たる、ニコライ・トルストイの半身像だつた。」芥川はトゥルゲーネフの手法をもってトゥルゲーネフを描いているわけである。

〈ゆらめく火〉の描写を、広く対象を照らす手段として見るなら、ほかにも多くの作家がこの方法を使っているだろう。トゥルゲーネフやチェーホフの場合は、〈ゆらめく光〉に、とりわけ生命的なものを伝える役割をあたえていた。

火があれば、そこに人が集まり、話が始まる。火は人をまわりに集め、物語も生みだす。トゥルゲーネフの「エルモライと粉屋の女房」や「ベージンの草地」もそうであるし、チェーホフなら、『曠野』にもそういう場面がある。たき火を取り囲んでいなくとも、火がきっかけとなって物語が語られるということであれば、『ともしび』(一八八八)という作品もある。

『ともしび』のタイトルの原語は、「火」、「灯火」とも訳せる単語の複数形である。それが直接にさしているのは、鉄道建設の現場から遠くを見たときに点々と続いている人家の明かりである。そしてこの「火」は登場人物たちの脳裏に、人間の生のむなしさや人間の認識の限界という考えを浮かびあがらせる。チェーホフの作品は、地方都市や農村を舞台にすることが多いが、その際、自然を描く一方で、工場や鉄道といった人間の文明が作りだしたものも描く。文明は人間の理性の光あるいは生産活動の光によって象徴される。そして文明の光は闇＝カオスを克服するものと考えられる一方、むなしくはかないものともとらえられるのである。

『ともしび』にも学生が登場する（こちらは交通大学の学生である）。彼は、いま自分たちが目にしている人家の灯火は、二千年も前、旧約聖書のサウルやダビデの時代にあった戦争のようす、人びとが火を囲んで陣を張り、翌日の戦いを待っているようすを思いおこさせるという。彼らの生活の痕跡はいまではすっかり消えてしまっているが、それと同じく、いまの人間の生活も二千年後には跡形も残らない。『ともしび』の学生はそう考える。これは『学生』の主人公が寒さをきっかけに最初に陥ったのと似た悲観的な世界観である。『ともしび』では、灯火についてもう一つ別の見方を披露する技師が登場する。彼にとって無数の灯火は、人びとがたがいに関連のない考えをばらばらにもっている状態を表している。どちらの人物も火を人間の営みの象徴とみなし、それを悲観的にとらえているという点で同じである。

『ともしび』でも『学生』でも、三人の人物が集まり、火をきっかけにして話が進んでいく。しかし『学生』の火は『ともしび』の火とはまったく違う役割を担っている。『学生』のなかでは、はるか昔のペトロの感情が現在の人間に伝わるという〈つながり〉を火が支えている。『ともしび』

の火が過去・現在・未来の断絶という考えを生みだしたとすれば、『学生』の火は「出来事の鎖」という観念を生みだすきっかけとなった。『ともしび』の火が何千年かすれば消えてしまう人間の理性と文明のむなしさを象徴するとすれば、『学生』の火は二千年を経ても続いていく人間の生命の営みを象徴している。

◆農村

『学生』の舞台の社会的環境をあらためて見ておこう。主人公が二人の女と出会うのは、彼の故郷の村の近くである。女たちのたき火は、「すき起こされた周囲の土地」を照らしだし、近くでは馬に水を飲ませる男たちの声が聞こえる。ここには農地があり、男たちは農作業を終えたところなのである。二人の女は、ともに夫を失った母と娘で、二人で菜園を切り盛りしている。母のヴァシリーサは背が高く、男物のコート(つまり亡き夫のもの)を着ているが、屋敷づとめの経験があって上品な物腰である。娘のルケーリヤは夫から虐待を受けていた女で、母と違って背が低く、「少し頭が鈍そうな」、「耳と口が不自由な者のよう」な表情をしている。そして母の方は最初、なぜか「物思いにふけって」火を眺めている。こうした細部に母と娘の厳しい生活状況がうかがわれる。一方、学生自身の家庭も貧しい。母は家で裸足でいるし、父は暖炉の上に寝て咳をしている(結核だろうか)。しかし教会の関係者であるため、この日は精進を守って食事をしていない。チェーホフの作品には、農村のさまざまな悲惨な状況もしばしば描かれる。

主人公はロシア帝国に四つしかない神学大学の学生であるから、故郷から都会に出ていて、このときは休暇で戻ってきているのだろう。知識人が農民の悲惨な生活にどう向きあうかということが、チェーホフにおいて一つの大きな問題となる。それとは別に、『学生』には現れていないが、生活者として見た都会と地方の差という問題がある。地方暮らしゆえに自己実現が阻まれていると考える人物が、チェーホフの世界にはたくさんいる。こうした問題もまた、あとで触れる視点の一つとして、ここで指摘しておく。『学生』の主人公が神学大学生であることの意味については、つぎの節で考えたい。

3　宗教的・文化的背景をおさえる

この節ではおもに、『学生』を理解するうえで必要な宗教関係の事柄を述べる。

◆聖職者

『学生』の主人公は神学大学生だが、彼の父も堂務者（ロシア語のジヤチョーク。教会で一番下の身分）として教会に勤めている。チェーホフの作品には、教会、修道院、宗教儀式などの描写がかなり頻繁に出てくる。当時の人びとの生活に占める宗教の役割からみて自然なことではある。チェーホフの父は、子供に体罰を加える厳しい親で、かつ頑固な信者で、家族に家で祈りを唱えさせるだけでなく、自ら聖歌隊を組織し、自分の子供たちも参加させた。そのためチェーホフも小さいころに教会で聖歌を歌わされた。あとになって彼はこれを苦役労働のようであったと回想しているが、おかげで教会の儀式や教会スラヴ語のテクストに通じていた。

チェーホフは、自分には信仰はないという趣旨のことを手紙のあちこちに書いているが、ここではそのことよりも、当時の多くの人びとにとってと同様、チェーホフにとっても、宗教が生活の一部として存在していた点に目を向けたい。周囲の人たちの回想によると、チェーホフは復活祭にはいつも教会に行っていたし、教会の鐘の音を愛していた。また彼は医者であったが、彼の作品には、聖職者をめざしていた(または周囲がそう望んでいた)人が、結局、医者になったという例がいくつか出てくる(『六号病棟』(一八九二)のラーギン、『僧正』(一九〇二)の主教の甥など)。生活者として見る限り、医者と聖職者は同列の存在なのである。

登場人物としての聖職者についていうと、目を引くのは『曠野』のフリストフォール神父、『決闘』の輔祭、『学生』の主人公、そして『僧正』の主人公である。このうち『決闘』(一八九一)の若き輔祭は、漫然と時間を過ごしていて、わずかなことで笑いころげる人物として描かれている(輔祭とは司祭の補助をする聖職者である)。ピクニックでたき火にあたりながら彼は、自分が将来、伝道師として調査遠征に加わる姿を想像する。そして名声を得て帰還し、主教となって祭儀を主催する自分を思い描く。そのあとは、ふつうの輔祭として生活する未来の自分を想像し、これもまたよし、と考える。こんな彼もしかし、決闘が行われると知ると、好奇心を抑えられず、こっそり見に出かけてしまうのである。

『決闘』の輔祭も、『学生』の神学大学生も、誘惑に弱いところが描かれている。ヨーロッパの文学には、誘惑にさらされる聖職者を描く伝統が古くからある。ロシア文学では、ニコライ・ゴーゴリ（一八〇九−五二）の『ヴィイ』（一八三五）がその一つである。主人公は神学学校（神学大学ではない）の生徒であるが、休暇中に魔女に目をつけられ、最後には妖怪ヴィイによって破滅するという話である。こうしたものとは別に、聖職者をからかいの対象とする文学的伝統も存在する。チェーホフのなかにもそうした風刺的な描写は多く見られる。

では、チェーホフの時代の神学大学生とはどういうものだったか。神学大学（神学アカデミー）は、神学学校（神学セミナリー）の上の段階のエリート養成機関である。『ブロックハウス・エフロン百科事典』（一八九〇−一九〇七）によると、一八九一年に神学アカデミーはロシア帝国に四校あり（キエフ、モスクワ、サンクト・ペテルブルグ、カザン）、学生数は七六九人いた。神学セミナリーは五五校あり、その下の段階の神学校が一八五校あった。ちなみに、一八九七年の国勢調査によれば、当時のロシア帝国の人口は約一億二九〇〇万人であった。

ここで踏まえておいてよいことは、神学セミナリーも神学アカデミーも、一八六七−六九年の神学教育改革のあと、あらゆる社会層に開かれることになったということである。アカデミーのほとんどの学生とセミナリーの一部の学生（貧しい聖職者の子弟や異民族出身者）の授業料は無料で、貧困層が教育を受ける場としての役割を果たしており、聖職者以外のいろいろな人材も輩出した。学者になる者もいたし（戯曲『ワーニャおじさん』のセレブリャコーフ教授も堂務者の息子で神学学校出身という設定である）、反体制的な人や革命家も出てきた（たとえばスターリンはロシア帝国下のグルジア〔ジョージア〕で正教会の神学学校に学んだ。ちなみにその入学年は『学生』の発表年と同じ一八九四年であった）。

『学生』の主人公もまた民衆出の神学大学生であるが、それは、彼が田舎から広い世界に出ていき、民衆から知識層に入っていく者だということである。主人公が最初に、貧困や悲惨がつねに存在しつづけていると悲観的に考えたのも、そうした背景のなかで出てきた知識人の思考なのである。作品の最後で述べられる人生に対する彼の期待も、この視点からとらえる必要がある。聖職者の卵が女たちに聖書の話を語るという設定の背後には、十九世紀ロシアにおいて重要であった〈知識人と民衆〉というテーマが存在するのである。

◆復活祭物語

キリスト教では、キリストの復活を記念する復活祭がきわめて重要である。ロシア正教会を含む東方正教会では復活祭は移動祭日で、チェーホフの時代の旧暦でいえば、三月二二日から四月二五日（現在の暦で四月四日から五月八日）のどこかとなる。

ところでロシア文学には「復活祭物語」というべきジャンルがある。以下、このジャンルについて、ザハーロフ「ロシア文学の一ジャンルとしての復活祭物語」の記述をもとに述べる。まずこのジャンルの起源は、イギリスの作家チャールズ・ディケンズ（一八一二―七〇）の『クリスマスキャロル』(一八四三)のロシア語訳にある。ロシアを含む東方正教会においては、クリスマス以上に復活祭が重んじられることから、アレクセイ・ホミャコーフ(一八〇四―六〇)が話の舞台をロシアに移し、時期も復活祭に移して『復活祭の日曜日、子どものための物語』(一八四四)と題して翻訳し、好評を博した。以後、ロシアにおいて「復活祭物語」と呼べるような短篇小説ジャンルが始まった。その後、ドストエフスキーが長篇小説のなかや独立した短篇小説で復活祭を舞台にした話を書くが、一八八〇年代以後は、多くの新聞・雑誌が復活祭の時期に、それにちなんだ物語を載せるようになり、ジャンルとして確立したという。ニコライ・レスコフ、ミハイル・シチェドリン、レフ・トルストイなどがこのジャンルの作品を書いている。

チェーホフもこのジャンルでたくさん書いていて、範囲を広めに取るなら一八八三年に二篇、一八八六年に一篇、一八八七年には六篇、そして一八九四年の『学生』、一九〇二年の『僧正』がこれに入る。このうち一八八六年の『聖夜』は、語り手が増水した川を渡って対岸の修道院に行き、復活祭の祈りと祭りに参加する話である。渡し船で渡し守と語り手がかわす会話が中心となっており、『学生』と共通した雰囲気をただよわせる作品である。

他方で「クリスマス物語」もロシアでは書かれてきた。すなわちスヴャートキといわれるクリスマス期間(ロシアの旧暦一二月二五日から一月六日、現在の暦で一月七日から一九日にかけて)を舞台とするものである。ゴーゴリ、ドストエフスキー、レスコフなどがこのジャンルで書いている。チェーホフも何篇か書いていて、そのなかには『ワーニカ』(一八八六、両親を失った少年がおじさんに手紙を書き、住所を記さずに投函する話）もある。こうした「クリスマス物語」と「復活祭物語」を、チェーホフは一八八六年から一八八七年にかけて集中的に書いていた。

◆十二福音

『学生』の中心にあるのは福音書のエピソードである。ただし福音書の抜粋である「十二福音」からの紹介というかたちで語られている。「十二福音」とはどのようなものか。

ロシアなどの教会では、復活祭の前の木曜の夜から金曜日にかけて「十二福音」が朗読される。これは新約聖書のなかのヨハネ、マタイ、マルコ、ルカによる四福音書から十二か所を抜粋し、キリストの受難の物語が一つの流れとしてとらえられるようにまとめられたものである。

その十二の箇所のうち最初の三つがこの小説にかかわる部分である。一番目はヨハネ第一三章第一三節から第一八章第一節までで、ユダがキリストから裏切りを予言されて出ていったあとから始まる。これは「十二福音」のなかでいちばん長いもので、第一七章までは出来事の展開がほとんどなく、最後の晩餐でキリストが弟子たちの問いに答えて語る言葉と、神への祈りの言葉からなりたっている。

二番目は、ヨハネの第一八章第一節から第二八節までで、最後の晩餐のあと、キリストが園（マルコ福音書によればゲッセマネの園）に行って、そこでユダと敵たちにとらえられ、大祭司のところに連れて行かれる場面、そして大祭司の中庭でペトロがたき火にあたりながら、キリストを知らないと三度否定する場面である。

三番目は、マタイの第二六章第五七－七五節であるが、これも大祭司の中庭の場面で、二番目の後半部分と重なる。ただし三番目（マタイ）ではイエスが神の子キリストであるかと問われて、それに答えるところが出てくるが、二番目（ヨハネ）にはそれはない。しかしペトロの否認と鶏の声の描写は両者で重複している。その結果、十二福音を読む者も聞く者も、このエピソードに注意を向けさせられることになる。

なお、このあとの四番目は、二番目のヨハネの続きに戻り、イエスがピラトのところに連れていかれて審問を受ける場面へ続いていく。つまり「十二福音」のうちの最初の四つは、基本的にヨハネによって話を進め、大祭司の中庭の場面だけは、マタイを挿入するという形になっている。五番目以降はキリストの磔、埋葬の場面へと続いていく。

◆ペトロの否認

以下は、福音書のテクストと照合するため、少々細かい話となるが、作品の正確な読みに不可欠なものなので、少し詳しく述べたい（聖書からの引用に際しては、新共同訳と文語訳を参考にした）。

『学生』のなかで語られる福音書の挿話のうち、聖書からの引用とはっきりわかるものは会話の文（本書第一章の作品全訳で二重カギカッコに入った部分）である。すなわち、①ペトロがイエスにどこまでも従うという決意を述べ、イエスがペトロに、おまえはわたしを三度知らないというだろうと予言する場面、②ペトロに対して周囲の人びとがイエスの仲間ではないかと問い、ペトロが三度否定する場面、③ペトロが予言どおりの振る舞いをしたことに気づいて泣く場面である。

①と②はほぼ福音書のロシア語訳からの引用となっている。ただしそのほとんどはルカによる福音書からの引用であるという点には注意が必要である。というのも、ルカのこの部分は十二福音に入っていないからである（ただし②のうちペトロに対する二度目の問いは、ほぼ同じ語句がマタイにもあり、三度目の問いはヨハネからの引用であり、それらは十二福音に入っている）。語りの地の文にも、ルカからの語句が断片的に入っている（ただしマタイの語句、ヨハネの語句も少し入っている）。

以上のことをまとめると、『学生』の主人公が語るペトロの物語は、「十二福音」を話題にしながらも、そのテクストにこだわらず、広く福音書全体から適宜、場面と言葉を取りだしてつないだ物語ということになる。ただし、つぎの二点に注目する必要がある。

まず主人公は、いま見たように、全体としてはロシア語訳聖書を引用ないし参照しているわけだが、二か所だけ教会スラヴ語訳を使っている（教会スラヴ語とは、大雑把にいうと、古めかしい書き言葉である）。一つ目は、「鶏鳴を聞く前に——つまりニワトリが鳴く前に」と訳した部分である。このうち「鶏鳴を聞く前に」は、直訳すると「ニワトリが鳴く前に」でよいのだが、「ニワトリ（雄鶏）」を表す単語だけが教会スラヴ語なのである（そのため翻訳では、文語的な雰囲気を出すために、句全体を「鶏鳴を聞く前に」と訳した）。つまりここでは、文全体としてはルカのロシア語訳を使っているが、「ニワトリ（雄鶏）」を表すロシア語の「ペトゥーフ петух」だけが、教会スラヴ語の「ペ

ーテル петел」にわざわざ置き換えられていて、そのあとにロシア語で「つまりペトゥーフのことだが」と説明を加えるという、手のこんだ示しかたをしているのである。背景としては、教会の祭儀では教会スラヴ語が使われ、それを一般の人に理解させるには注釈が必要だということがある。

教会スラヴ語によるもう一つの引用は、「そして外に出でて、甚《いた》く泣けり」である。これはマタイからの引用である（ルカでも文言は同じ）。これを教会スラヴ語で引用することで、ペトロの挿話全体（十二福音の二つ目と三つ目）に締めくくりをつけているといえる。

第二の注目点は、主人公が、福音書に記述のない事柄を自分の想像で補って語っていることである。以下がその部分である。

①「あわれなペトロは心が疲れはて、体が弱り、まぶたが重くなって、どうしても眠りに打ち勝つことができませんでした。」これは、ルカの「悲しみの果てに眠り込んでいた」という記述や、マタイの「眼が重たくなっていた」（新共同訳では「ひどく眠かった」）などの記述を膨らませたものである。

②「一方ペトロはくたびれはて、憂いと不安にさいなまれ――わかりますか？――眠りも足りないままま、いまにも地上に何かおそろしいことが起こりそうな予感がしながら、あとについていきました……。ペトロは、われを忘れるほど強くイエスを愛していたけれど、いまそのイエスが殴られるのを遠くから見ていたんです……。」このうち、「あとについて行きました」以外は想像による叙述である。福音書にはイエスが「殴られる」という記述はあるが、そのさまを「見ていた」という

記述はない。
③「思いだすと、はっとわれに返り、中庭から出ていって、激しく激しく泣きました。」これもかなり膨らませた表現になっている。
④それに続く語りは、全体が想像によるものであることが明示されている。「想像するに、静かな静かな、暗い暗い園で、静けさの中に押し殺した嗚咽がかすかに聞こえていたことでしょう……。」
これらを見ると、主人公は、ペトロの苦悩に対して想像をはたらかせ、感情移入をし、聞き手にじかに話しかける調子で語っていることがわかる。そして語りの焦点がキリストではなく、ペトロにあることもわかる。ただし、さきに述べたように、そもそも「十二福音」の二番目と三番目においては、ペトロの叙述が占める部分が大きく、この二つのあいだでペトロの話が反復されている。その意味で、主人公がペトロに焦点をあてるきっかけは、「十二福音」という文書自体のなりたちにもあったといえる。

◆聖書と十九世紀後半のロシア

聖書の言葉やエピソードに言及する作品はほかにもあるが、そのなかで『学生』は、聖書のエピソードが本格的に取りあげられた作品といえる。作品自体が短いため、ペトロの話を語る部分は小説の四分の一以上を占めている。

ところで、「十二福音」やその他教会で読まれる祈祷は、すべて教会スラヴ語で書かれている。教会スラヴ語とは、ビザンチン帝国の僧たちが九世紀ごろからスラヴの地にキリスト教を普及するために用いた言語(古スラヴ語、古教会スラヴ語)のその後の発展形態である。ロシア語に近い言語ではあるが、ロシア語を母語とする者でも学習なしには十分に理解できない。だから『学生』の主人公も、農民に語るとき、教会スラヴ語からの引用は一部分だけにとどめ、それには説明をほどこし、全体としては日常のロシア語で語っている。

主人公は一般民衆の生活の場、しかも戸外で偶然に出会った相手に福音書を語っている。この小説の福音書のエピソードは、その内容だけでなく、語られる環境(およびそれに条件づけられた語り口)も重要なのである。ではその環境がもつ意味は何だろう。それを考えるためには、当時のロシアにおける聖書、とくに福音書への関心のありかたを知る必要がある。

まずはロシアにおける聖書翻訳の歴史に簡単に触れておく必要がある。古い時代のことは省くとして、まず一七五一年に、現在までロシア正教会で使われている教会スラヴ語訳聖書(エリザベータ聖書)が出版されている。ロシア語訳で聖書を読むことができるようになるのは、それよりもずっとあとで、ロシア聖書協会という組織が福音書のロシア語訳を出版した一八一八年以降のことである。そして一八二一年には新約聖書の全体が教会スラヴ語とロシア語の対訳で出版され、一八二三年にはロシア語だけで出版された。同時に旧約の訳も一部が出版されはじめた。しかしこの翻訳事業を支援していたアレクサンドル一世が死ぬと、一八二六年には翻訳作業が止められ、新約のロシア語訳の出版も禁じられた。その後、三十年の空白を経て、国家機関である宗務院（シノード）がロシア語訳聖書の翻訳・出版に着手した。そして一八六〇年に四福音書、一八六二年に新約聖書全体が出され、やっと一八七六年に聖書全体のロシア語訳が出たのである（新約に関しては聖書協会の訳を基本にしているようである）。こうして聖書全体のロシア語訳が一般に流布するようになり、以後現在まで宗務院版は読まれつづけている。

宗務院による聖書のロシア語訳の事業に対しては反対もあった。ロシア語訳を出せば、ウクライナなどでの言語と民族の自立につながりかねないという考え、あるいは民衆が理解できないことで権威を保ちたいという思いもあったようだ。にもかかわらず官制のロシア語聖書が出された背景には、聖職者にさえも教会スラヴ語が理解できない者がいるという事情、また翻訳を原典により近づける必要性があった。宗務院版ロシア語聖書が出た時代は、アレクサンドル二世治下の改革の時代であった。農奴解放を中心とするさまざまな改革が行われ、近代化が進められたこの時代に、宗教の分野も近代化したということだろう。

ロシア語訳聖書の出版は、聖書の普及という面だけでなく、広くロシア語による表現活動にも影響をあたえただろう。キリスト教圏において聖書の言葉を一般の人びとに届けることは、きわめて大きな意味をもっている。ルターの訳したドイツ語聖書は、教会の改革だけでなく、ドイツ語の発展にも決定的な影響をおよぼしたといわれる。それに比べればロシア語訳の影響は限定的なものだっただろう。宗務院訳は、じつのところ家庭で読むことを目的にしたものであって、教会の祭儀では、あいかわらず教会スラヴ語訳の聖書が使われていたのである（現在でもそうである）。それでもロシア語訳が出たことの意味は決して小さくない。たとえばロシア文学の巨星アレクサンドル・プーシキン（一七九九－一八三七）の生きた時代は、最初のロシア語訳新約聖書が出た時期をはさんでいる。彼は教会スラヴ語が読めたけれども、聖書はフランス語で読んでいた。それから考えると、ドストエフスキーやチェーホフといった大作家たちがロシア語訳で聖書を読み、そこから引用していることの意味は大きいだろう。

さて、聖書のなかでもとくに福音書について考えると、そこには神の奇跡が描かれてはいるが、人間のドラマも描かれており、信仰の有無にかかわらず広く人を引きつける力をもっている。この時代は、一方では農奴解放などの諸改革によって社会の資本主義化、工業化が進み、それに伴うさまざまな問題が噴出し、穏健思想から急進思想まで改革への志向が高まる。他方で科学的思考が浸透し、信仰への否定や懐疑、あるいは無関心も広がっていく。キリストを歴史的人間としてとらえ、福音書を歴史的書物として見る受けとりかたも広がっていく。一八六〇年代以降、「民衆の中へ」の運動を行ったナロードニキたちのなかには、福音書を社会改革の視点から評価する見方もあった。以上のような事柄は、シュトラウスやルナンといった名前に代表されるヨーロッパの思想的文脈ともかかわることを断ったうえで、以下にロシアの文学と絵画に現れた例を少しだけ見ておきたい。

ドストエフスキーは、『罪と罰』（一八六六）で福音書のラザロの復活の部分を読む場面を書き、『白痴』（一八六八－六九）においては、キリストを暗示する人物を主人公に据えた。さらに『カラマーゾフの兄弟』（一八七九）ではキリストが異端審問の吹き荒れる中世スペインの民衆の前に降りてくるという「大審問官」の章を書いている。トルストイは福音書をギリシア語原典で読み、一八八〇－八一年には官制の訳を批判しながら自らの訳とその根拠を示す『四福音書の統括と翻訳』にまとめ、それをもとに『要約福音書』（一八八一）を著している。その成果は『懺悔』（一八八四）、『わが信仰のありか』（一八八四）に反映している。とくに後者では、教会の教えと異なる独自の解釈が示され、のちに発禁処分となった。

絵画で福音書がテーマになったものとしては、まずアレクサンドル・イヴァーノフの《民衆の前に姿を現すキリスト》（一八三七－五七）が有名であるが、一八六〇年代から九〇年代にかけては、社会的関心の強い「移動派」の画家たちが、人間的ドラマを前面に出す形で福音書のエピソードを絵にしている。ニコライ・ゲーの《最後の審判》（一八六三）、《真理とは何か》（一八九〇）、《ゴルゴタ》（一八九二）、イヴァン・クラムスコイの《荒野のキリスト》（一八七二）などなどである。

これらの事例の背後にある宗教観・人間観はさまざまであるが、いずれも、この時代のロシアにおいて福音書が人びとに身近なものとして受けとられるようになり、そこに含まれる人間的側面への関心が高まったことを示す例といえるだろう。

さらに視点を広げてみれば、この問題は、言葉と文化の広がりという時代の流れのなかにとらえることができるだろう。チェーホフの生きた時代は、それまで一部の階層が独占していたさまざまな文化的営みが、より広い層へと拡散し浸透していく時代だった。文化の拡散において、伝達の手段である言葉がもつ意味は大きい。それは、さきにロシア語訳聖書でも見たことであるが、宗教以外のすべての分野についてもいえることである。すなわち、印刷・出版活動全般が活発化し、文化の大衆化が進んでいった。チェーホフは若いころ、気軽に読める小作品（風刺、パロディー、ユーモア短篇小説、寸劇など）を大量に書き、大衆的な雑誌に載せていたが、そうした雑誌がこの時代につぎつぎと発行され、多くの読者を獲得していた。やがてチェーホフは、そうした言葉を消費する場から出ていくのだが、その後のチェーホフの文体や手法に、広い層に向けて語る作家という彼の出自が影響していることは、しばしば指摘されることである。

聖書に話を戻すと、『学生』において聖書の物語が取りあげられ、それを神学大学生が教会の外で民衆に向けて自分の言葉で語りかけること――これもまた〈言葉と文化の拡散と浸透〉の文脈のなかでとらえるべき事柄である。

『学生』は、物語ることについての物語である。作家の仕事である〈語ること〉を主題とした作品なのである。このほかにもチェーホフは、〈語ること〉を主題とする作品を多く書いている。そしてチェーホフ自身の言葉は、わかりやすい言葉として、いまにいたるまで、ふつうの人びとの心をとらえている。その背景に、彼の時代のロシアにおける〈言葉と文化の拡散と浸透〉という大きな流れがあったといえるだろう。

第三章　風土を探る

1　大地・ステップ・海

つぎに、『学生』をいったん離れ、広くチェーホフにおける〈場所〉あるいは〈空間〉について考えたい。まずはチェーホフ自身が生活し、活動した環境を概観する。

チェーホフは、アゾフ海に面する南ロシアのタガンローグという港町に、食料雑貨店を営む父のもとに生まれた。一八七九年にモスクワ大学医学部に進み、しばらくモスクワに住んだ。一八九二年からは、モスクワ近郊のメーリホヴォに土地を購入し、両親とともに暮らした。一八九八年に父が死んだあとは、結核の療養の目的もあって、南のクリミア半島のヤルタに家を建て、モスクワやその他の場所と行き来しながら暮らした。最後は医者の勧めでドイツの保養地バーデンヴァイラーに行き、そこで死んだ。

チェーホフは頻繁に旅をした。その移動範囲も大きい。一八九〇年にサハリンに行って流刑囚の生活を調査したことは有名である（往きは陸路、サハリン滞在は四か月、帰りは日本海・インド洋経由、

レヴィタン《チェーホフの肖像》1885-86年

全部で七か月半）。またヨーロッパ各地（ドイツ、オーストリア、イタリア、フランスなど）も何度か訪れている。それ以外にも中距離・近距離の移動をたえず行っている。

チェーホフの作品において重要な役割を果たす場所というと、まずなんといっても架空の地方都市、農村、地主の領地である。これらはモスクワを中心とする中部ロシアからウクライナ北東部にかけての地域を想定していると考えてよいだろう。ここは東ヨーロッパ平原のなかに位置し、大陸性気候で、冬の寒さは厳しいが、夏の気温もかなり高くなる。『学生』の舞台もそのどこかと考えてよいであろう。トゥルゲーネフの『猟人日記』の舞台（トゥルゲーネフ自身の故郷オリョール県とその近辺）も中部ロシアである。

チェーホフの世界を語るときに抜かすことのできないものの一つに、十八世紀頃からロシア各地に存在したウサージバ（地主屋敷）がある。ウサージバについてはあとで詳しく見るが、いま確認しておきたいのは、ウサージバのまわりに中部ロシアの広大な空間が広がっていたことである。

海もまたチェーホフにおいて重要な役割を果たす。生まれ故郷のタガンローグはアゾフ海に面する港町であるし、最後に住んだのは黒海に突き出たクリミア半島の保養地ヤルタであるから、チェーホフと海の縁は深い。黒海沿岸のリゾート地を描く小説も書いている（『決闘』『犬をつれた奥さん』、『ともしび』や『黒衣の僧』の一部など）。クリミアには住む前から何度も行っている（じつは『学生』はクリミアで書かれた最初の作品である）。

ステップも重要である。ステップは、樹木のない乾燥した広大な草原地帯で、ロシア南部とウクライナ東部に広がっている。チェーホフの故郷のタガンローグもステップ地帯から遠くない。現在のロシア、ウクライナ、ベラルーシは、古い時代にルーシと呼ばれたが、その時代にアジアの遊牧民族がつぎつぎと入ってきて、ステップを舞台にルーシとのあいだに攻防をくり広げた。

ステップを近代ロシア文学の重要な題材としたのは、ウクライナ出身の作家ゴーゴリである。チェーホフには一八八八年に書かれた『曠野』という中篇小説がある（『大草原』という訳語もある）が、原題は「ステップ」という単語そのままである。九歳の少年が遠くの学校に入れられるときの旅を描いたもので、少年の視点からの描写を連ねる新しい形式を打ちだしているが、他方でゴーゴリを強く意識し、ロシア文学の伝統を受け継ぐ作品でもある。

ステップの広大さは、それに見あうだけの壮大な想像力を生みだす。「この広大な空間は誰に必要なのだ？　理解できないし不思議である。実際、ルーシにはまだイリヤー・ムーロメッツやソロヴェイ・ラズボーイニクのような、大股で歩む巨大な者たちがまだ滅びておらず、英雄たちの乗る馬もまだ死にたえていないと思えてくる」（『曠野』）。これは、馬の一跨ぎで何キロも移動するといった英雄叙事詩ブイリーナの世界について述べている。また『幸福』（一八八七）という作品では、ステップに隠された伝説の宝の話を老人が語るが、それを聞く若者を引きつけたのは、その宝、つまり「幸福」そのものではなく、「人間の幸福の幻想性、おとぎ話性」なのである。

ステップだけでなく、広大なロシアの各地を動きまわる人生は、チェーホフの世界では、「幻想性」、「おとぎ話性」を帯びたものとして語られる。『旅路』（一八八六）という作品を見てみよう。はたご屋の客であるリーハレフが、あとで入ってきたイロヴァイスカヤという女性に、自分の数奇な人生を語る。それを聞いたイロヴァイスカヤの印象を述べることで作品は締めくくられる。「暗闇、鐘の音、吹雪の唸り、足の悪い少年、不平をいうサーシャ、不幸なリーハレフと彼の語る話、こうしたものすべてが混ざりあって、ひとつの巨大な印象を作りあげた。そして神の世界は、彼女にとって幻想的で、奇跡と魔法の力に満ちたもののように思われた。いま聞いたばかりのことすべてが彼女の耳のなかで鳴り響き、人間の生活は彼女にとって、すばらしい、詩情に満ちた、終わりのないおとぎ話のように思われた。」

この一節は、『学生』の最後によく似ている。「そして幸福への期待、知られざる神秘につつまれた幸福への言いようもなく甘い期待が、しだいに彼をとらえていき、彼にとって人生は、魅惑的で、驚異的で、高い意味に満ちたものに思われたのだった。」

どちらも、何か大きなことに触れた瞬間を切りとり、やがて消えてしまうかもしれないが、心のなかにたしかに生まれた波紋をとらえている。このほかにも、一八八六年から八七年頃のチェーホフの作品には、広いロシアのなか、各地を転々とする人生、思想信条を遍歴する人生、あるいは人しれず何かに打ちこむ人生が語られ、聞き手がそれに深い感慨を抱くという話が多い。修道院にこもって聖歌の創作に打ちこむ修道僧を描く『聖夜』(一八八六)も、ロシアの各地を転々とする改宗ユダヤ人を描く『根無し草』(一八八七)もそれに含まれるだろう。これらの作品は、語り手がロシアの大地をめぐりながら、生の多様なありように触れた静かな感動を伝えるという点でトゥルゲーネフの『猟人日記』に通じる雰囲気をもっている。「つぎからつぎへと流れでていく出来事の途切れのない鎖」に触れたと思って感動する『学生』も、その線上に位置づけることができる。『学生』の場合、広大な空間に触れる感動は、広大な時間に触れる感動へと敷衍されていると見ることができる。

ロシアの大地、南方のステップ、そして海といった〈広大な空間〉は、しかし、チェーホフにおいて二重性を帯びている。それは一方で、無限の可能性を秘め、自由に翼を広げさせ、想像力を解放する空間であるが、他方でそれは荒涼たる空間、無為と憂愁をもたらす空間でもある。たとえば『曠野』には、ステップの美しい姿だけでなく、夜のステップの不気味な光景も描かれている。「すでに何千年ものあいだ空から見おろしている星々、不可解な空そのもの、そして薄暗がり——これらは人間の短い命に対して無関心で、これらと差しむかいになってその意味をつかもうとすると、沈黙で心を押さえつける。」また、『生まれ故郷で』(一八九七)や『ペチェネーグ人』(一八九七)では、ステップの美しさが賛美される一方で、そこに生きる人びとの無為と沈滞が映しだされる。

『曠野』を書きおえたころの手紙でチェーホフはこう書いている。「西欧では、人びとは、生きる場所が狭くて息苦しいから死ぬのですが、われわれのところでは生きる場所が広いから死ぬのです……。空間が広すぎて、小さな人間には居場所を定める力がない……。ロシア人の自殺について、わたしはこんなふうに思うのです……」(一八八八年二月五日付、グリゴローヴィッチ宛)。

「空間が広すぎて、小さな人間には居場所を定める力がない」というのは、広い空間を前にした戸惑いや不安だけをさしているのではないだろう。広い空間は人の精神に強力に作用する。たとえば『気まぐれ女』(一八九二、『浮気な女』とも訳される)には、ヴォルガ川の光景が登場人物たちの心を高揚させる場面が出てくる。そこでは、これから不倫の関係を結ぶことになる男と女が、船の上から六月の月夜の川の光景を見ている。

　彼女の横にはリャボーフスキーが立ち、彼女にこんなことを語っていた。水面の黒い影は、影ではなくて夢なのだ、そしてこの魔法のような水とその幻想的な輝き、底なしの空、悲しく思いにふけるような川岸——それらはわれわれの生活のむなしさについて語り、何か高邁なもの、永遠のもの、至福なるものの存在について語っている——それらを前にすると、おのれを忘れてもよい、死んでもよい、おのれがひとつの記憶となればよいと思えてくる。そんなことを彼は語った。過去は凡庸でつまらないし、未来は取るにたりない、そしてこの見事な、人生で一度きりの夜はすぐに終わり、永遠と溶けあうのだ。ならば、生きていてどうするのだ?（『気まぐれ女』）

女はというと、同じ光景を前にこんなことを考える。

これまでに彼女が目にしたことのないトルコ石の色をした水、空、岸、黒い影、そして彼女の心を満たす表しようのない喜び、そういったものが彼女に語りかけていた、おまえは偉大な画家になるのだと。そして、はるか彼方のどこか、月夜の向こうのどこか、無限の空間のなかで、名声が、栄光が、人びとの愛がおまえを待ち受けているのだと……。(『気まぐれ女』)

二人は恋に落ちるが、やがて関係は破綻し、女の夢も蜃気楼のごとく消える。〈広大な空間〉はそのエネルギーによって人の心の底に眠る情念を揺さぶる。そして目覚めた情念を人はうまく制御できない。これもまた「空間が広すぎて、小さな人間には居場所を定める力がない」という事態の一つである。チェーホフ文学の最重要テーマの一つは、このエネルギーに満ちた広大な空間のなかで「小さな人間」がどう生きるのか、どう「居場所を定める」のかということなのである。

そこでつぎに、チェーホフのさまざまな登場人物たちが「広すぎる」空間にどう向きあっているのかを詳しく見てみよう。まずは〈広大な空間のなかに作りだした住む空間〉であるウサージバ(地主屋敷)の役割から考えたい。

2 ウサージバ（地主屋敷）

◆ウサージバとは

地主屋敷のことをロシア語でウサージバという。それは家屋を中心にした一連の建物とその周囲に作られた庭園を含む敷地をさす。こうしたウサージバはおよそ十八世紀から二十世紀初めまでの歴史をもつとされる。ロシア革命以後、大半は消滅したが、現在も一部は博物館として残されている。ウサージバは地主の屋敷であるから、地主がまわりの土地とそこの住民を支配する場でもある。地主は貴族であるから、ウサージバは貴族の文化を育み伝えていく場でもある。その結果、ウサージバはロシア文化全般と密接にかかわる概念となっている（そこで以下では、ウサージバというカタカナの表記を用いることにする）。

プーシキン、トゥルゲーネフ、トルストイなどもウサージバで育ち、そこで暮らし、舞台をウサージバに据えた作品を書いた。チェーホフの四大戯曲もすべてウサージバが舞台である。小説にもウサージバを舞台とするものがたいへん多い。ただしチェーホフ自身はウサージバで育ってはいない。祖父が元農奴で、南ロシアの港町で小売商をしていた父のもとに生まれたチェーホフには、ウサージバ文化に憧れる思いがあった。しかしウサージバ文化がこの時代に崩れつつあったことも彼は認識していた。彼の戯曲、とくに『桜の園』（一九〇三）はそのことを中心テーマとした作品である。

ウサージバの典型的な構成を、リハチョーフ『庭園の詩学』の記述に拠って見てみよう。まず中心に建物があり、そのすぐまわりには花壇や噴水をもったオランダ・バロック様式の整形庭園がある。その外を囲む形でロマン主義的な風景庭園（英国式庭園）が作られている。この風景庭園には必ず並木道があるが、そこにとくにロシア的な特徴が表れるという。まずロシアでは、西欧の庭園のように並木の枝葉を刈りこまないので、木の葉がよく茂っている。しかも木々は非常にせまい間隔で植えられているので、暗くて涼しい空間が作りだされ、鳥も多く住んでいる。そしてそのような道が細長くまっすぐに続くので、道はずっと遠くへと消えていくような感覚をあたえるという。

◆故郷の原像

ウサージバの雰囲気をよく伝えているチェーホフの代表的小説として、『黒衣の僧』（一八九四）と『中二階のある家』（一八九六）を挙げることができる。『中二階のある家』の冒頭を見てみよう。ペテルブルグに住む風景画家が、ある夏、田舎の友人の領地に滞在し、その周辺を歩いている。

あるとき、家に帰ろうとして、わたしは偶然どこかの見知らぬウサージバに迷いこんだ。日はもう沈みかけていて、ライ麦が実る畑には夕暮れの影が広がっていた。古くて背丈がひじょうに高いトウヒの木が、二面の壁が続くようにぎっしりと植えられ、暗く美しい並木道を作りあげていた。わたしは柵を軽く乗りこえてこの並木道に入り、地面を四、五センチ覆っているトウヒの針葉の上をすべるように歩いていった。あたりは静かで暗く、ただずっと上の、あちらこちらの木の梢で、明るい金色の光がふるえ、蜘蛛の巣に映えて虹色の輝きを放っていた。針葉の匂いが強くただよい、息苦しいほどだった。そのあとわたしは、長く続いている菩提樹の並木道へと曲がった。そこもまた古びて荒れはてた雰囲気がした。去年の落葉が足もとでさらさらと悲しげな音をたて、木々のあいだの暗がりのなかに影が消えていた。(『中二階のある家』)

やがて果樹園が見えてくる。さらに行くと「中二階のある家」が現れる。それは、テラスのある白塗りの家で、そばには大きな池が広がり、その向こうには村が見え、教会の屋根の十字架が日没の光を受けて輝いている。この情景を見て「わたし」は、「子どものころにちょうどこの情景を見たことがあるといった、なにか親密な、よく見知ったものに魅せられる感覚」を覚える。そして屋敷の門のそばにたたずむ姉妹にも同じ親しさを覚え、「なにかいい夢を見たような心地で」帰っていく。

深い孤独を抱えている主人公が出会ったこの親密な風景——ここには〈故郷〉のシンボルとしてのウサージバのイメージがよく表れている。作品の主人公は画家であるが、この描写には、どこか絵画的な視線が感じられる。こういった既視感を伴う風景の描写は、『三年』(一八九五)という作品にも見られる。そこではユーリヤという女性が展覧会で小さな風景画を見て感じたことがつぎのように書かれている。

前面には小川があり、丸太の橋がかかっている。向こう岸には小道があり、暗い草のなかへ、野原のなかへと消えていき、その右側には森のはずれがあり、そばには、たき火がたかれている。おそらく夜の放牧の番をしているのだろう。そして遠くの方では夕焼けが燃えつきようとしている。

ユーリヤは、自分がこの橋を渡って、小道をどんどん先へと進んでいくさまを想像した。あたりは静かで、眠たげなウズラクイナが鳴き、遠くには火がまたたいている。そして彼女はなぜか突然、赤く染まった空に広がる雲も、森も、野原も、ずっと以前に何度も見たような気がしてきた。そして自分が孤独に感じられ、この小道を先へ先へと歩いていきたくなった。そして夕焼けのあるところには、何かこの世ならぬ、永遠なるものの反映が憩っていた。

（『三年』）

レヴィタン《秋、ウサージバ》（1894）

この風景はウサージバから見たものとはいいきれないが、その内容から見ても、夕日に照らされた風景がもたらす既視感から見ても、『中二階のある家』の冒頭の光景に近い。

◆永遠との接点

ウサージバやその周辺には豊かな自然がある。そこでは園芸、釣り、散歩、狩りなどもできる。それらもまたウサージバ文化の重要な部分である。『黒衣の僧』の主人公コヴリンの養育者であるペソツキーという人物は、園芸家として有名ということになっている。彼は庭の植物をさまざまな人為的な形に作りあげて自慢している。「ここには、気まぐれ、凝った歪曲、自然に対する嘲笑がどれほどあったことか！」ここにいたっては、自然との触れあいの域をこえ、自然を支配する願望が現れている。彼が園芸を始めた年が一八六二年と書かれていることからすると、一八六一年の農奴解放で不利益を被った地主が園芸にのめりこんでいったと推察される。そうしたペソツキーにとって、ウサージバは〈自然をあやつる〉ことのできる場だった。

これに対し、彼に養育され、学者の道を歩むことになった主人公コヴリンにとって、ウサージバは〈自然につらぬかれる〉場だったといってよい。あるときコヴリンは、庭園を散歩し、領地のはずれまでやってくる。そこには川があり、川を渡ったところにも小道が続き、広い野原へと消えていく。そのとき彼はこんなふうに感じる。

> ずっと先まで、住居もなく、人の気配もなく、小道を歩いていけば、太陽が沈んだばかりの、夕焼けが広々と荘厳な輝きを放っているあの未知の不思議な場所にまで到達するように思われる。（『黒衣の僧』）

そして彼は、「全世界がわたしを見、姿をひそめ、わたしが理解するのを待っているようだ」と感じる。コヴリンが散歩する庭園は、風景庭園〔英国式庭園〕である。風景庭園には、ルネサンスやバロックの庭園と違って柵がないが、さきほども言及したリハチョーフによれば、柵のないことは、「あらゆる自由の制限に対する異議申し立て」である。もし柵がある場合でも、それが見えないような仕掛けをしており、そうしたことによって、「庭園は、知らずしらずのうちに周囲の地域、ロマン主義美学に必須の遠方、無限へと移行するという具合になっていた。」そして、庭園を歩くこと、つまり風景庭園で得られる「動き」は、「なによりもまず自由である。」

コヴリンの庭園散歩の描写は、こうした解説が見事に適合する例である。コヴリンは、こうした自由と無限の幻想をあたえる庭園を歩み、広大な空間に目を向けるなかで、全宇宙を永遠に歩きまわる僧の幻影を目にすることになる。

このあとの展開はあとで詳しく見るが、じつはこの〈永遠との接触〉は毒を含んでいる。そこには人間の自己拡大の願望、あるいは自然支配の願望が重ねられる。そして、その願望がやがてついえるさまが作品には描かれる。〈永遠との接点としてのウサージバ〉は、したがって、人間の自己拡大と自己崩壊の契機を宿しており、ウサージバそのものの崩壊〔戯曲『桜の園』が代表する〕がそれに重ねられる。

それはさておき、ここではウサージバが、一方では〈故郷〉のかわりをするなつかしい場所として人間の孤独を癒やすこと、他方で、そこを拠点として周囲の大自然を見渡すことで〈永遠〉につながる感覚が得られ、自然を支配する幻想が生みだされることを確認しておきたい。もちろん〈永遠〉の感覚を味わう場所は、ウサージバ以外にもありうる。『気まぐれ女』では、ヴォルガ川の風景に〈永遠〉を感じることが述べられていた。とはいえ、〈住む場所〉の内部あるいはその近辺で〈永遠〉に触れることができるという意味で、ウサージバは象徴的な役割を果たしている。

◆現実との接点

『中二階のある家』を読むと、ウサージバの心地よさだけでなく、ウサージバを取り囲む現実もよくわかる。民衆は貧困や病気に苦しんでいる。なによりも無知の状態におかれている。地主のうち自覚的な人のなかには、地方の自治機関（ゼムストヴォ）での活動を通して、あるいは独自に、学校や病院の建設といった啓蒙・福祉活動に携わる人もいた。地主にとってウサージバは、自分たちの生活の拠点であるだけでなく、地域の民衆と具体的にかかわる場でもあった。

ウサージバは、もともと貴族が親から受け継いで代々所有するものであったが、売買されることもしだいに増え、やがては貴族以外の者も所有するようになる。所有していなくても、知り合いのウサージバで夏を過ごすことや、さらには別荘として借りることも行われるようになる（ちなみに、戯曲『桜の園』は、広大なウサージバを元農奴の男が買いとって別荘群にしようとする話である）。

さきに述べたように、チェーホフはウサージバとは無縁の出自であるが、むしろそのゆえに、ウサージバに惹かれていた。モスクワ大学の医学生だったとき、そして卒業後に、彼はモスクワ郊外の病院で働いたことがあったが、やがてその近くのウサージバに部屋を借りて夏を過ごす経験をし、それまで縁のなかった貴族的な環境に接することになる。そしてその後もほぼ毎夏をどこかのウサージバで過ごしている。かくして、一八八五年から八七年にバープキノ（モスクワ州、モスクワ北西四〇キロ）で過ごし、一八八八年と八九年にはスームィ（ウクライナ北東部）で過ごす。一八九〇年はサハリンに行っていたが、翌九一年はボギーモヴォ（カルーガ州、モスクワの南）で夏を過ごす。そして一八九二年、ついにメーリホヴォ（モスクワ州、モスクワ南七〇キロ）にウサージバを購入する。そして一八九九年にヤルタに移るまでの八年のあいだ、チェーホフはこのメーリホヴォに暮らした（購入に際しては借金をしている。また、メーリホヴォに購入したのは偶然の結果で、最初は右記のスームィよりさらに南の、ウクライナのポルタワ県――ゴーゴリの故郷で作品の舞台でもある――に探していた）。

チェーホフ（メーリホヴォにて　1897）

もちろんチェーホフにとってのメーリホヴォは、プーシキンやトゥルゲーネフやトルストイにとってのウサージバのような先祖代々の土地でもなく、人格形成の場でもなかった。彼が手紙で「ここではすべてがミニチュアだ」と書いているように、メーリホヴォはウサージバとしては規模も大きくない（約二三〇ヘクタール）。しかしここは、それまで借りて過ごしたウサージバと違って、自分自身の土地であった。そこには親たちがいっしょに住み、きょうだいたちも暮らしたり、やってきたりした。そして知人をつぎつぎに招いた。ここは生活と交流の拠点であり、なによりも創作の場所であった。

メーリホヴォにいるときにチェーホフが生き生きとしていたことは、彼と交流のあった人たちの目にわかることだったようである。シチェープキナ＝クペールニクという女性作家は回想録のなかでこう書いている。チェーホフは、モスクワでは人びとに囲まれながらも孤独であったが、メーリホヴォは彼にとって「砂漠のオアシス」だった、そして訪問客である自分にとってもオアシスだったと。ウサージバの購入は、チェーホフ自身が、広い空間のなかに「居場所を定め」たいという望みの実現だったわけである。そして作品を読めばわかるように、チェーホフの登場人物たちにとっても、ウサージバは荒涼たる世界のなかに求める親密な空間であった。

しかし医者であったチェーホフは、ウサージバに暮らしながら、医療を必要とする近隣の人びとの治療にも携わった。コレラが蔓延すると医者として奔走した。さらには周辺の村とメーリホヴォに学校を三つ建てた。メーリホヴォは、生活と交流と創作の場であることに加えて、社会活動の場ともなったのである。そしてウサージバのこうした生活的・現実的側面もまた、『中二階の家』をはじめとする多くの作品に反映している。

以上のことから、文学的イメージとしてのウサージバは、〈故郷の原像〉、〈永遠との接点〉であると同時に、〈現実との接点〉でもあったということになる。

一八九九年にチェーホフはメーリホヴォの領地を売る。結核の療養のために南方のヤルタに移る必要があり、ちょうどこの時期に父親が死んだことが直接の理由のようであるが、結局のところ、タガンローグでもモスクワでも、経済的余裕のないなかで住居を頻繁に変えながら生きてきたチェーホフには、彼の作品にときどき出てくる放浪的生活者の心性に通じるものがあって、ウサージバを所有しつづけることにこだわりはなかったのかもしれない。そしてこの時期、貴族文化にとっての〈故郷〉であったウサージバは衰退しつつあった。安息のウサージバもまた、チェーホフにとっては冷徹な観察の対象であり、彼の描くウサージバはいつも何か波乱を含み、どこか滅びの匂いをただよわせる。

3　ロシア的風景――風景画家と作家

ウサージバのイメージを考えるとき、チェーホフと深い交流のあったロシア風景画の巨匠イサーク・レヴィタン（一八六〇―一九〇〇）の世界を見ておくことは有益だと思われる。

レヴィタンはユダヤ人の知識人家庭に生まれたが、若い頃は貧困に苦しんだ。チェーホフは、画学生であった自分の弟ニコライを介してレヴィタンと知り合い、一八八五年と八六年にバープキノなどのウサージバで夏を過ごしたときも、家族でつきあうなど、交流を続けた。

チェーホフが自分のウサージバで園芸と釣りに勤しんだことは知られているが、とくに狩猟家ではなかったようである。一方、レヴィタンは大の狩猟好きだった。たとえば一八九一年のチェーホフ宛の手紙でレヴィタンは自分がヤマシギ狩りに出かけたことを記し、翌一八九二年の春には、チェーホフも彼につきあう形でヤマシギ狩りに出かけている。このときチェーホフは自分の領地メーリホヴォを買って住みはじめたばかりで、ヤマシギ狩りに出かけたのは四月初めの復活祭直後のことだった。つまり『学生』と同じヤマシギ狩り（チャーガ）の季節である。レヴィタンは、《ヤマシギ狩り（チャーガ）》と題する絵を何枚か残している。彼が、『学生』や『早すぎた！』の登場人物たちと同じ狩猟好き、とくにチャーガ好きであったことがわかる（その一方で、自分が射とめた獲物を見て涙を流すような人物でもあったらしい）。

狩猟に関する絵は、レヴィタンに限らず多くの画家がこの時代に描いていた。有名な画家ヴァシーリー・ペローフ（一八三四－八二）も狩猟を題材に描いた。そのうちの一枚《休息する狩猟家たち》（一八七一）に描かれた一人は、ある証言によればクフシンニコフという医者であるらしいが、これはあとで述べるレヴィタンの愛人クフシンニコヴァの夫である。このように狩猟は人びとの生活の重要な一部を占めていた。

レヴィタンは一九〇〇年に心臓病で死んだが、このときチェーホフは、二人の人物から、レヴィタンについて一文を書いてほしいと頼まれている（一人は「芸術の世界」の発起人の一人で、のちにバレエ・リュスの主催者として世界的に有名となるセルゲイ・ディアギレフ、もう一人は批評家セルゲイ・ゴロウーシェフ）。どちらにも検討すると答えているが、結局書かずじまいとなった。ゴロウーシエフの回想によれば、チェーホフが約束した文章のタイトルは「ヤマシギ狩り」（チャーガ）であった。また、ヤルタのチェーホフの家の書斎にはレヴィタンの絵が何枚か飾られていたが、その一枚はヤマシギ狩りを描いた水彩画であったという。ヤマシギ狩りが二人の関係において占めていた役割の大きさがうかがえる。

ペローフ《休息する狩猟家たち》（1871）

ところでウサージバは、恋愛のドラマがくりひろげられる場でもある。たとえばミジーノヴァという女性は、チェーホフとのあいだに恋愛感情が詮索される女性の一人であるが、レヴィタンも彼女に惹かれていたようである。レヴィタンは、あるときミジーノヴァの伯父のウサージバに滞在し、そこからチェーホフにこんな手紙を書き送っている。「魅惑の土地から君に書いている。ここでは、空気にはじまって、地上の――神よ許したまえ――最下等の甲虫にいたるまで、すべてが神々しいリーカ「ミジーノヴァ」の息吹につらぬかれている！」そして、おどけた調子でこう続けている。「彼女はまだここに来ていないが、来るだろう。というのも彼女が愛しているのは、白っぽい髪の君じゃなくて、火山のようなブリュネットの髪をした僕で、僕のいるところにだけ、彼女はやってくるからだ」（一八九一年五月二九日付。髪の色は、実際の髪の色よりも性格類型を表していると思われる）。

レヴィタンはほかにもさまざまな女性に恋したようだが、それらの恋愛もしばしばウサージバと結びついている。クフシンニコヴァという既婚の女性とは、とくに長くつきあい、いっしょにウサージバで過ごしたり、あるいは、もう一つの霊感の場所であるヴォルガ川に絵を描きに出かけたりした。第一節で引用した『気まぐれ女』（一八九二）の一場面は、ヴォルガの船上で男が女に向かって「永遠」を語る場面だったが、この作品は二人の関係をモデルにしたという評判がたち、レヴィタンとチェーホフの関係は一時決裂することになった（二年半後に和解した）。

レヴィタンは神経過敏で、うつ病であった（手紙で自ら「メランコリー」と書いている）。一八九五年、ウドームリャという土地のウサージバで夏を過ごしたときには自殺未遂をしている（演技だったという見方もある。また、これ以外にも彼は自殺未遂をくりかえしている）。このときチェーホフは、すぐにレヴィタンに会いに行っていて、そのときのことは戯曲『かもめ』（一八九六）の主人公トレープレフをめぐるディテールに反映されている。さらに広く性格や思考ということをいえば、レヴィタン的な人物はチェーホフの作品世界にかなりいるといえるだろう。

以上見てきたように、チェーホフにとってレヴィタンは、友人であるだけでなく、ウサージバ、自然との触れあい、自然を背景としたヤマシギ猟、そしてメランコリーとのかかわりで、創作上の霊感をあたえてくれる人物だったと考えてよいだろう（メランコリーに関しては「神経」の問題とし

セローフ《レヴィタンの肖像》(1893)

レヴィタン《夕べ、黄金のプリョース》(1889)

て現れるが、これについてはあとで述べたい）。

レヴィタンの絵に多いモチーフは、植物、道、川、湖である。まず、ひょろ長く上に伸びる樹木を描いたものが多い。そこには、はかないようでいて、したたかな力が感じられる。道・川・湖などは、手前からやや斜めに奥の方へと続くように描かれ、見る者の視線を遠くに向かわせる。そして上には空が広がり、雲が浮かんでいる。川や湖を鳥瞰的視点から描くものもある。その場合、手前は地面で、中央を川か湖が横切っていて、上には空がある。ここでも見る者の視線ははるか彼方へと誘われる。レヴィタンの絵に人間はほとんど登場しない。そうした自然の空間のなかに、一方では大地から上に出ていこうとする力、他方では無限の奥へと引きこんでいく力が現れているように思われる。

チェーホフはレヴィタンの才能を高く評価していた。たとえば手紙のなかで、南方のヤルタよりも北方の自然の方がよいと述べ、「われわれのところの自然は、もっと悲しげで、抒情的で、レヴィタン的だ」などと書いている（一八九四年三月二七日付、ミジーノヴァ宛）。一方、レヴィタンもチェーホフ宛の手紙のなかで、「きみは風景画家としてわたしを驚かせた」（一八九一年六月付）といっている。これはとくに『幸福』などでのステップの描写について述べたことなので、〈広大な空間〉の描き手としてチェーホフを称賛したわけである。

二人の共通点は、第一に、同じ時代の空気を非常に近いところで吸っていたこと、その基盤としてウサージバ体験を共有していたこと、そこで自然との触れあいも共有したことである。第二に、

1880年代のレヴィタン

レヴィタン《秋、猟人》
(1880)

二人はどちらもロシアの広大な空間を題材に、それぞれのジャンルで新しい表現を生みだした。それは、美しくもあり、恐ろしくもある〈無限へとつながるロシアの風景〉の表現である。レヴィタンの手紙のなかにも、無限（永遠）が人間にとっていかに恐ろしいものであるかが述べられている。「森の向こうには灰色の水、灰色の人びと、灰色の生活……何ひとつ必要ない！……まったくドンキホーテ的だ。あらゆるドンキホーテ的なものと同じく、それは高貴なものではあろうが、だが、そのさきに何がある？　永遠だ、おそるべき永遠だ！　そのなかに何世代もの人間が沈んでいき、これからも沈んでいく永遠……。なんと恐ろしいこと、なんと怖いことだ！」（一八九六年七月付、カルジンキナ宛）。

これは、レヴィタンの代表作の一つ《永遠の憩いの上に》（一八九四）などと絡めて引用されることの多い文章であるが、この手紙は一八九六年にフィンランドから送られたもので、そのときの心象を述べたものである。だがいずれにしてもここには、レヴィタンが自然から感じとる感覚の一つの極があるといえるだろう。「永遠」という言葉は、チェーホフの『気まぐれ女』にも『黒衣の僧』にも出てきて、暗い情念を刺激するはたらきをしていたが、この手紙には「永遠」の虚無的側面が明確に出ている。これを読むと、以前に引用したチェーホフの手紙の一節が思いだされる。「西欧では、人びとは、生きる場所が狭くて息苦しいから死ぬのですが、われわれのところでは生きる場所が広いから死ぬのです……。空間が広すぎて、小さな人間には居場所を定める力がない……。」

第四章　心情に分け入る

1　孤独と無為――『中二階のある家』

『学生』の主人公は、寒さと飢えから、昔も今も将来も人間の苦悩は減らないと考え、人間存在そのものを悲観的にとらえる。それはレヴィタンやチェーホフの手紙に書かれているような厭世的気分と同じものである。チェーホフの作品のかなりの登場人物は、こうしたペシミズムに襲われる。そしてそこからの脱出を試みる。その一例を『中二階のある家』(一八九六)で見てみよう。

語り手である主人公は画家である。彼は知人のウサージバで夏を過ごし、あるとき偶然迷いこんだ近くのウサージバで二人の姉妹を見て、なつかしさを感じる(この場面はさきに引用した)。主人公は、やがて下の娘ジェーニャと恋に陥る。二人はジャムを作るためのサクランボを採ったり、池でボード漕ぎをしたりして日を過ごす。主人公はジェーニャについてこう語る。

[……]そしてわたしは、この木々、野原、霧、空焼け、この自然を、わたしといっしょに支配する

小さな女王として彼女のことを夢見ていた。この自然は、驚嘆すべき魅惑の自然だが、そのなかにあってわたしはこれまで自分をどうしようもなく孤独で無用な人間と感じてきたのだ。(『中二階のある家』)

「驚嘆すべき魅惑の自然」のなかにあって自分を「どうしようもなく孤独で無用」だと感じるというこの深い閉塞感――これはチェーホフの手紙の言葉でいえば、「広すぎる」空間のなかにあって「居場所を定められない」状況といえる。このような閉塞感にとらわれた人間には、どのような脱出の道があるのだろうか。『中二階のある家』の主人公の場合、脱出の道は、自分を押しつぶそうとする自然を逆に支配することである。そして愛する女性を得れば、彼女と暮らすウサージバを自然支配の基地にできると夢想するのである。

主人公はジェーニャに愛を告白し、そのあと中二階のある家を眺めながらこう考える。「わたしは、やさしい気持ち、おだやかな気分、そして満足感に満たされていた――自分が人に魅かれ、愛することができるのだという満足感に。と同時に、ちょうどこのときに、わたしから数歩離れた場所、この家の一室に、わたしを好まない、おそらくは憎んでいるリーダが住んでいるのだと考えると、気まずい思いがした。」

リーダは村で教師をし、病人の面倒を見、治療まで行い、地域の自治活動にも取りくんでいる。ジェーニャと母親が浸っているような牧歌的なウサージバの生活とは裏腹に、厳しい現実がウサージバを取り巻いている。領地を仕切っているリーダは、母や妹に無為を許しながら、一人で周囲の現実に向きあっている。

リーダと主人公のあいだには議論がかわされる。リーダは、苦しんでいる人びとへの物質的援助がいますぐに必要だという。それに対し主人公はこういう。人間には永遠の生命がある。人間は死の恐怖から解放され、死そのものから自由にならなければならない。「人間は、自分がライオンやトラや星よりも高い存在であること、自然界のすべてのものよりも高いこと、さらには、理解不可能で奇跡と思われるものよりも高いのだということを自覚しなければならない。そうでなければ、人間は人間でなく、あらゆるものを怖がるネズミだ。」そして精神的なもののために生きるべき人間は、肉体労働から解放されなければならない、精神は物質的なものを克服し支配しなければならないというのである。その精神的活動とは「真実の追求」であり、芸術や学問である。

リーダはそれに対して、苦しんでいる人びとを手をこまねいて見ているわけにはいかない、援助が必要だという。すると主人公は、そんな援助は人びとの物質への依存をかえって強め、精神の発展を阻害するだけだという。では主人公は、精神性の確立、あるいは真実の実現のために行動するかというと、そうではない。彼によれば、そもそも「真実まではまだ遠い。」そんななかで人類は、どのみち物質的必要性に埋もれて退化していくであろう。それならば、精神的価値をめざす自分のような芸術家の人生は無意味である。したがって自分は何もしない、何もする必要はない。「何ひとつ必要ない。大地ごと地獄に堕ちればいいんだ！」

一方、姉のリーダは、民衆の生活を描かない風景画家の主人公を嫌悪し、妹を別の土地へ移して二人のあいだを切り裂く。かくしてウサージバの中心に建つ「中二階のある家」の両義性が浮かびあがる。それは主人公にとって、妹ジェーニャを軸とする愛と安息の場所であると同時に、姉リーダを軸とする憎しみと争いの場所でもあるのだ。精神性の追求を第一とする主人公が、いざ現実の女性(「中二階のある家」の半身)を愛しはじめたとき、その愛は、民衆の物質的充足を第一とする姉(「中二階のある家」のもう一つの半身)によってさえぎられる。精神が物質を軽視し、物質からしっぺ返しを受けたかたちである。

このような精神と物質の分裂と対立という事態は、チェーホフの世界に広く観察される。この作品の読みかたとしては、社会活動家のリーダに作者の立場を読みとったり、逆に芸術家の主人公に作者の立場を投影したりすることもなされてきたが、もちろんチェーホフは、どちらからも離れた位置にいる。ここで、チェーホフ自身のウサージバでの生活にも、精神と物質のせめぎあいという側面があったことが想起される。メーリホヴォにウサージバを購入したあと、チェーホフは、創作活動と社会活動の両方に携わった。どちらも、みずから選んだ道だとはいえ、チェーホフ自身のウサージバ生活は、精神的価値の追求と物質的な現実への対応のあいだに折りあいをつけることであった。その限りでこの作品は、作者の生活の葛藤を反映するものといえるだろう。

『中二階のある家』の主人公は、人類は精神的価値を達成できず、物質性に埋もれて退化していくと考え、地上全体を呪った。ここで『学生』を思いだそう。主人公は最初の段階で、永遠に変わることのない悲惨について考え、ペシミズムに陥った。二つの作品の主人公たちの閉塞感と悲観論は同質のものである。そしてこれと同じ閉塞的気分はチェーホフの他の多くの作品にも見られる。この問題をさらに立ち入って考えるため、つぎに『黒衣の僧』を取りあげたい。その際、戯曲『かもめ』と比較しながら考えることにする。

2　夢想と高揚――『黒衣の僧』と『かもめ』

◆自我拡大の夢想

一八九四年の中篇小説『黒衣の僧』は、若き学者コヴリンが、孤児の自分を育ててくれたペソツキーの領地にやってくるところから始まる。ペソツキーにはターニャという娘がいる。コヴリンはこの屋敷の庭園でターニャといっしょに時を過ごすうち、彼女に惹かれていく。あるときコヴリンは一つの伝説をターニャに語る。一千年前、砂漠を歩いていた黒衣の僧から蜃気楼ができ、その蜃気楼からさらに蜃気楼ができる。これが限りなくくりかえされ、いまや僧侶の幻影は「全宇宙を歩き回っている。」そしてちょうど一千年後のいま、僧侶の幻影はふたたび地上に現れることになっているという話である。そしてあるとき、コヴリンは、この僧の幻影を目にするのである。それはさきほどウサージバの説明のところで述べた、陰気でいかめしい雰囲気の庭園のはずれで起こった。小道のさきに美しい夕焼けが見えている。突然、風が吹きはじめ、竜巻のようなものが遠くに見える。竜巻はおそろしい早さでコヴリンのもとに来ると、黒衣の僧の姿に変わる。コヴリンの心は高揚する。僧はコヴリンにこう語る。学問に携わるおまえは、永遠の真実に仕える選良の一人である。永遠の生命というものは存在するし、人類には「永遠の真実の王国」という輝かしい未来がある。それをもたらすのがおまえたちであり、おまえたちがいなければ人類は無に等しいのだ。これを聞きながらコヴリンは、この考えは以前から自分の頭のなかにあったものと同じだと感じる。しかしコヴリンが僧に「永遠の真実」とは何かと問うと、僧は答えずに消えてしまう。

つぎに戯曲『かもめ』(一八九六)について見てみよう。主人公トレープレフは、自分が書いた戯曲を自分の暮らすウサージバで上演する、それは彼自身によれば、「夢想に現れるように」描いたもので、二十万年後、すべてが消滅したあとの話である。そこにはすべての魂が一つの魂に統合された「世界霊魂」が登場する。「普遍的世界霊魂、それはわたし……わたし……。わたしのなかにはアレクサンドロス大王の魂も、カエサルの魂も、シェークスピアも、ナポレオンも、そしてもっとも下等なヒルの魂もある。」

この「世界霊魂」は「物質」(その首領は悪魔)と対立し、「深くうつろな井戸に放りこまれた囚われ人」のように孤独な状態にある。この「世界霊魂」にとって最終の到達点は、「物質と精神がすばらしい調和のなかで溶けあい、世界意志の王国が到来する」ときであるという。しかしそれは、おそらく千年という時間が延々とくりかえされ、星々が塵と化したのちのことであり、それまでは、おそろしい状態が続くというのである。そして最後の目標に向けて「世界霊魂」が「物質」との闘いを始めたちょうどそのとき、観客の一人である母親がやじを飛ばし、トレープレフは怒って劇を中断する。

コヴリンの幻想もトレープレフの夢想も誇大妄想的なものであるが、それを支える論理には共通点がある。コヴリンの幻影の僧が蜃気楼をつぎつぎに生みだし、全世界を歩きまわるというとき、彼は時間と空間を超えて存在するということができる。この幻想の僧侶を眼にし、それと会話するコヴリンは、時空を超えた存在を目の前にしているという高揚した感覚を味わっている。一方、トレープレフの劇に登場する「わたし」(世界霊魂)は、自分のなかには時間と空間を超えたすべての魂があるという。

『黒衣の僧』の宇宙をかけめぐる僧侶という空想を支える論理、それは、「ある人はｘという場所に存在する」という命題において、ｘにあらゆる可能な値を入れることができる、ということだといいかえられる。他方、『かもめ』の世界霊魂が体現する論理は、「ある人のなかにはｘの魂が存在する」という命題において、ｘにあらゆる可能な値を入れることができることだといえるだろう。表現の形式は異なるものの、空想の体験の本質は同じである。どちらにおいても、本来、時空の限定された存在である人間が、時空を超えてあらゆる可能な体験をもつことができるのである。自我の無限拡大の幻想ということができるだろう。もちろん、どちらにおいても無限の存在は、幻想ないし夢想の存在として想定されていて、主人公が自分自身を無限の存在だと考えているわけではない。しかし主人公たちは、そうした超越的存在を幻想世界に作りだすことで、そこにみずからの自我拡大の願望を託しているのである。

◆夢想・女性・ウサージバ

『黒衣の僧』と『かもめ』は非常に多くの共通点をもっている。小説と戯曲というジャンルを超えた姉妹作品といってもよいほどである。人物構成も類似している。詳細には立ち入らないが、『黒衣の僧』に登場する三人の人物が、『かもめ』においては、それぞれ二人の対比的な人物へと分化したようなかたちになっている。

夢想と現実との関係も共通している。夢想の存在の現れる場所は、どちらもウサージバを取り巻く自然のなかである。『黒衣の僧』の幻影は、風のなかから生じたかのように姿を現し、庭園のはずれの古い木のなかに消えていく。『かもめ』の夢想の劇が上演される舞台は屋外であり、実際の湖を背景としている。

また女性の登場人物の果たす役割も共通する。『黒衣の僧』のターニャも『かもめ』のニーナも、ウサージバという空間のいわば〈魂〉的存在といっていい。そして女性とウサージバをつなぐ象徴的存在（幻影の僧、かもめ）が存在する。その結果、〈女性―象徴的存在―場所〉という三項のつながりが読みとれる。具体的には、『黒衣の僧』では〈ターニャ―黒衣の僧―庭園〉、『かもめ』では〈ニーナ―かもめ―湖〉というつながりである。いずれのつながりにおいても、最後の項（庭園、湖）は、ウサージバを構成する主要な空間である。そして、主人公が愛する女性を獲得することは、彼が荒涼たる世界にウサージバという親密な住みかを設けることに重ねあわされている。夢想する男性にとって、女性はウサージバの中心であり、魂なのである。

ちなみに、これと同様の三項のつながりは他の作品にも見られる。『中二階のある家』では〈ジェーニャ—中二階のある家—ウサージバ〉であり、戯曲『桜の園』では、〈女性（祖母・母・娘）—桜（オウトウ）—ウサージバ〉である。そして、ここに挙げたすべての作品は、そのタイトルが、この三項の真中に位置する象徴的存在からとられている（黒衣の僧、かもめ、中二階のある家、桜の園）。こうした視点からチェーホフの他の作品を見ると、さらにいろいろなことが見えてくるが、これ以上は立ち入らない。ここでは、夢想と女性とウサージバの関連を確認しておきたい。

3　神経のドラマ

◆高揚と挫折

『黒衣の僧』のコヴリンは、「神経の調子を崩した」ので、都会を離れ、ペソツキーのウサージバに来ている。コヴリンは、自分のことも、ペソツキーのことも、その娘のターニャのことも、みな「興奮しやすい」人間だと感じている（「興奮しやすい」は直訳すると「神経的な」である）。自分とターニャが愛しあうのも、「自分の半ば病んだ過敏な神経には、ちょうど鉄が磁石に引かれるように、この泣いて身ぶるいしている娘の神経が反応する」からだと考えている。そしてコヴリン自身は、「神経」の治療をすることで幻覚を見なくなり、自分の凡庸さを苦い思いで自覚する。宇宙を歩きまわる僧侶という誇大妄想的幻覚は、「神経」の病が引きおこしたものだったというわけである。

『かもめ』のトレープレフはどうか。母親が有名な女優で、多くの有名人とつきあいがあるのに対して、「彼らのなかで、わたしだけが取るにたらない人間だ」と彼は感じている。そして母親たちの芸術に対抗して、「新しい形式」の芸術をうちたてようとの意気込みで作られたのが、「世界霊魂」の登場する彼の戯曲なのである。だから、二十万年後の世界霊魂が「深くうつろな井戸に入れられた囚われ人」のように孤独だという彼の戯曲のせりふには、彼自身の孤独感と敗北感が反映しているし、世界霊魂の闘いの場面には、雪辱と挑戦の思いがこめられているのだろう。

『かもめ』の登場人物である医師ドールンは、しばしば「神経的」という言葉を使う。まず、トレープレフがニーナに恋するようすを見て、「なんて興奮しやすいんだ」という。また、マーシャという女性がトレープレフに恋するさまを見たときも、「みんな、なんて興奮しやすいんだ」という(ここでも「興奮しやすい」は直訳するなら「神経的な」である)。トレープレフの内面が反映した世界霊魂の夢想もまた、「神経」の病と切り離せないといえる。

二つの作品の主人公たちは最後に死ぬ。『黒衣の僧』では病死、『かもめ』では自殺であるが、共通するのは、両方とも自分の凡庸を自覚したときに死ぬことである。そして死の直前には、かつての壮大な自我拡大の夢が再現される。

『黒衣の僧』の最後では、コヴリンは保養のためにヤルタに来ている。彼はかつての妻ターニャから手紙を受けとる。封筒を見ながら、二年前、鬱憤を晴らすために罪もないターニャとその父を傷つけたことを思いだす。一方、ホテルの窓から外を見ると、月に照らされた海が、この世ならぬ美しい光を放っている。手紙を開けると、そこにはターニャからの呪いの言葉が書いてある。「心の限りあなたを憎みます。あなたが早く破滅することを祈ります。」コヴリンは手紙をちぎり、窓から投げ捨てる。すると海から風が吹いてきて押し返す。そのあと、海の向こうに竜巻が見える。竜巻はコヴリンのところまで近づいてきて、黒衣の僧の姿をとる。黒衣の僧はコヴリンに向かって、どうしておまえは自分が天才だということを信じなかったのかと語りかける。コヴリンは二年前の高揚の時を思いだしながら、幸福感につつまれて死んでいく。

一方、『かもめ』の第四幕では、第一幕の「世界霊魂」が登場する劇中劇の舞台装置がそのまま残っている。それは骸骨のように立っていて、カーテンが風ではばたいている。このあと、この舞台でかつて「世界霊魂」を演じたニーナが、二年ぶりにトレープレフのもとにやってくる。トレープレフは、そのとき自分の才能の限界について考えている。彼の前に現れたニーナは、自分のかつての夢と挫折を語り、泣く。そしてトレープレフを前に、かつての劇のせりふをもういちど口にする。トレープレフはニーナに留まってくれと頼むが、彼女は去っていく。そのあとトレープレフは自殺する。

これら二つの結末を比べると、以下のような共通点が見いだされる。凡庸の自覚、不気味な風、二年前の自我拡大の夢想の再現、そして主人公の死。そっくりな設定である。死にかたは異なるが、どちらにおいても、かつての高揚した意識が現実的基盤をもたないものだったことを自覚し、そのあとに死んでいく。この『黒衣の僧』と『かもめ』に、さきに見た『中二階のある家』を加えると、それらをつらぬく筋の骨格が見えてくる。すなわち人生の無価値と孤独の感覚、故郷の空間で味わう安息、広大な自然を前にした妄想ないし夢想、世界を支配するような自我拡大の願望、そして願望の破綻である。この〈神経のドラマ〉は、いずれの場合も、ウサージバという具体的な空間を背景にした気分――閉塞感、開放感、自我拡大感、自己喪失感――の生起と交替という形で現れている。

◆精神と物質

いま見た作品以外でも、チェーホフは精神の不調や異常、あるいは自殺をしばしば取りあげるが、そこでも「神経」という言葉がよく使われる。『決闘』の主人公は、自分の発作的な行動の原因を、「神経がもちこたえられなかった」と説明し、「われらが神経の時代においては、われわれは神経の奴隷なのだ」と語っている。『往診中のこと』(一八九八)では、気持ちを分かちあえる相手もなく孤独に暮らす工場主の娘が体の不調を訴える。この不調も「神経」の問題として他の人物たちが説明する。『役目がら』(一八九九、『職務の用事で』との訳も)の医者は、自殺者のことを神経衰弱患者と呼び、この時代のことを「神経の時代」と呼ぶ。

これらの作品や、その他多くのチェーホフの作品でしばしば問題になるのは、田舎の生活の退屈さと息苦しさである。登場人物たちは田舎の生活が彼らの自己実現を阻んでいると考える。『役目がら』のつぎの一節はそれをよく伝えている。「故郷、ほんとうのロシア――それはモスクワであり、ペテルブルグである。だがここは地方であり、植民地である。役割を演じ、人気を博し、たとえば特別重要案件を扱う予審判事や管区裁判所の検察官、あるいは社交界の花形になるといったことを夢見るならば、人はかならずモスクワのことを考える。住むならモスクワだ。一方、この地では何もほしくないし、目立たぬ役割とすぐに折り合いをつけるし、人生に求めることはといえば、ただ一刻も早く逃れること、とにかく逃れること、ということになる。」

これは自殺者を検死するために村に赴《おもむ》いた予審判事が考えたことであるが、彼はこのあと夢を見る。夢のなかでは、自殺した男と、この地の農民から選ばれた補助警官という、まったく関係のない二人が並んで歩き、こんな歌を歌っている。「おれたちは行く、おれたちは行く、おれたちは行く……。あんたたちは暖かいところにいる、あんたたちは明るいところにいる、あんたたちは居心地がいい、だが、おれたちは厳寒のなかを、吹雪のなかを、深い雪のなかを行くんだ……。」

この作品では、「ウーウーウー」という吹雪の不気味な音がライトモチーフのようにくりかえされる。この音の反復は、夢のなかの二人の男の歌と同じように、陰惨な地方生活の行き場のない気分を象徴する。これと類似する不気味な音が『往診中のこと』にも出てくる。それは夜中に工場で聞こえる「デル、デル、デル」、「ドリン、ドリン、ドリン」、「ジャク、ジャク、ジャク」といった音で、やはり行き場のない状況を伝える意味を担っている。

これらの作品において「神経」の問題は、地方の生活の陰鬱と深く結びついたものとして現れる。閉鎖的環境を体現する不気味な音は、あたかも人間の「神経」にその振動を伝え、「神経」の不調や異常を引きおこしているかのようである。

ここで『学生』を思いだそう。最初の段階で主人公をペシミズムに追いやったきっかけは冷たい風と空腹であったが、彼の頭のなかでは、それは農村の悲惨な生活と結びつけられていた。この点で『学生』の主人公もまた「神経」を病む者たちの仲間なのである。

ところで『決闘』や『役目がら』に出てくる「われらの神経の時代」という言葉は、当時実際に用いられた言葉である。そもそも「神経の病」への注目はヨーロッパ的な文脈のなかにあった。たとえばフランスの作家エミール・ゾラ（一八四〇—一九〇二）は、神経系の病気が遺伝するという考えに立って、家系の遺伝のありさまを追う作品群「ルーゴン＝マッカール叢書」を書いた。ではチェーホフは「神経」についてどういう見方をしていたのだろうか。すくなくとも彼は、「われらの神経の時代」という時代認識には与《くみ》していなかった。「わたし個人としては、こういう原則を守っています。病人を描くとき、ただ一個の性格である限りにおいて描く、あるいは絵になる限りにおいて描くという原則です。病気で人を驚かすことをわたしは恐れます。『われらの神経の時代』をわたしは認めません。というのも、どの時代においても人類は神経的だったからです。」（一八九五年二月二八日付、シャヴローヴァ＝ユスト宛）。

つまり精神の病を描くとき、チェーホフの目標は、異常な事例で耳目をひくことではなく、「神経的」たらざるを得ない人間存在を描きだすことであったということになる。そしてこの「神経的」な状況は、チェーホフにおいては、精神と物質（肉体）の分裂あるいは軋轢という問題と結びついている。『黒衣の僧』のコヴリンが死ぬとき、幻覚の僧は彼にこうささやいた。おまえが死ぬのは、おまえの弱い肉体が平衡を失い、天才を収めることができなくなったからだと。凡庸を自覚したはずのコヴリンの思考のなかでは、最後まで肉体（物質）は精神（天才）の入れ物にすぎないのだ。一方、『かもめ』のトレープレフの劇中劇では、世界が到達すべき最終の目標は、精神と物質が溶けあう「世界意志」の出現だとされるが、そのためにはまず「世界霊魂」が「物質」に勝利しなければならないことになっている。ここで物質は、あくまで霊魂によって克服され、取りこまれるべき対象なのだ。精神が物質を克服すべきであるという思考法は、さきに見た『中二階のある家』の画家にも現れていた。チェーホフが〈精神と物質〉の分裂と対立を重要な問題の一つとしてとらえていたことがわかる。

神経とは心と体をつなぐ器官である。科学的な教育を受け、科学的な思考を重視したチェーホフにとって、「神経」を病む人間とは、精神と物質の分裂と対立が鮮明に現れる場所であったと考えてよいだろう。トレープレフ（作家）やコヴリン（学者）の神経の病は、さきに見た『中二階のある家』の主人公（画家）の場合と同じように、精神（心）が物質（身体）を支配しようとして物質の反乱を受けている状態といいかえられる。

これに関連して、もう一つ大きな問題を指摘しておきたい。それは物質文明の発展に伴う自然の破壊である。それがとくによく現れているのは、戯曲『森の精』（一八九〇）とその改作版『ワーニャおじさん』（一八九六）である。後者に登場する医師アーストロフは、森の木々がつぎつぎと切られ、川が干上がり、野生動物が滅びていくことへの危機感を熱く語り、自ら木を植えるだけでなく、森林の状態を調査する。こうした登場人物が出てくる背景として、当時の自然科学の発達もあるだろうが、チェーホフにとっては、あくまでも人間と自然の関係という観点が重要だった。チュダコーフは『チェーホフの世界』のなかで、チェーホフの文学においてモノの世界がいかに重要な役割を果たしているかを論じているが、その文脈のなかで指摘されるつぎの事柄は説得力をもつ。すなわち、どうしてこれほど熱心に森林の保護を語る人物が出てくるのか、当時の人たちには理解されなかったが、人間と物質世界のどちらもが重要であったチェーホフにとって、人間の運命は、自らがそのなかに生きる自然の運命と強く結びついていたのだ――そうチュダコーフはいう。〈自然の破壊〉もまた、〈神経の病〉とならんで、〈精神と物質〉の問題圏に属する事柄としてチェーホフのなかにあったと考えてよいだろう。

〈精神と物質〉というテーマは、このように、人間における物質的基盤、すなわち身体性を重要視する姿勢からくると考えられるが、この姿勢は、テーマだけでなく、描写のしかたにもはっきりと表れている。これについては、あとの第七章で見るつもりである。つぎの第五章ではふたたび『学生』に戻って、主人公が感じ、考えたことの意味を考え、第六章では、『学生』を起点にして、〈広大な空間を前にした自我拡大の志向〉と対比される〈広大な空間を前にした卑小な人間への視線〉について考えたい。

第五章　思考を解きほぐす——ふたたび『学生』へ

1　出来事の鎖

ここまで、チェーホフのいくつかの作品において、世界を支配下におこうとする自己拡大の夢想と、それが破綻にいたるさまが描かれていることを見た。自我拡大の志向が出てくる動機は、人が広大で無慈悲な世界のなかにあって卑小で無意味な存在であるという閉塞の感覚から脱することであった。この観点から、ふたたび『学生』に戻って考えたい。

『学生』もまた、世界は悲惨に満たされているという感覚にとらわれ、悲観的な気分に陥っている。しかし、そこから脱するしかたは、『中二階のある家』、『黒衣の僧』、『かもめ』などとは異なっている。認識の転換点となったのは、ペトロの物語を語ることによって、主人公が「つぎからつぎへと流れでていく出来事の途切れのない鎖」（以下、簡略に「出来事の鎖」と記す）に触れたという感覚を得たことである。ペトロの物語とは、黒衣の僧や世界霊魂といった、人間の無限の力や大きさについての物語ではなく、人間の弱さと悔恨についての物語である。また「出来事の鎖」とは長大な時間の流れであるから、個々の人間はそれに比べて微小な存在である。しかしこうした人間の小ささにかかわる事柄の認識は、主人公を悲観的気分に陥れるのではなく、むしろそこから脱するきっかけを作っている。

とはいえ、そこからさきは単純な話ではない。『学生』の主人公の気分の変化の意味を考えるにあたっては、さまざまな解釈の可能性を踏まえて慎重に行う必要がある。そこで以下では、『学生』を扱ったいくつかの論にも言及しながら掘り下げていきたい。まず「出来事の鎖」の意味から考えてみよう。問題になる部分をもういちど掲げる。

「過去は現在と」――と彼は考えた――「つぎからつぎへと流れでていく出来事の途切れのない鎖でつながっている。」そして彼は、ちょうどいまこの鎖の両端を見たような気がした。一方の端に触れると、もう一方の端がふるえたのだ。(『学生』)

ここで、主人公が触れたと感じた「一方の端」とは何か。それはペトロに起こった出来事であろう。では「もう一方の端」は何か。それはヴァシリーサの涙とルケーリヤの反応と考えるしかないだろう。では二千年を隔てたこの二つの出来事が「出来事の鎖」でつながっているというとき、どのような「鎖」が想定されるのか。

しかしペトロの嗚咽が、実際の具体的な出来事の鎖を経て、二千年後のヴァシリーサの涙につながるということは想像しにくい。ほんとうのところは、学生の語る行為が女たちとペトロをつないだにすぎないのに、その反応の手ごたえを説明するために、「出来事の鎖」という比喩に飛びついたというしかない。

シチェルベノクという研究者がつぎのようなことを述べている。いま引用した部分のうち最初の一文は、因果関係に基づく歴史の直線的な流れを語るときの比喩であり、そこで鎖はあくまで比喩的存在である。一方、二つ目の文ではその鎖を、触れることのできる具体的事物としてとらえている。つまり比喩を実体化しており、前の文とのあいだに飛躍がある。したがって主人公が存在の意味に到達した気になったのは、レトリックのなせるわざである。このように、人が意味を獲得することの限界を示すことがチェーホフの文学なのだと。

主人公の思考における比喩の内実を問題にするという点で珍しい論である。しかし第一に、二つ目の文が比喩の実体化であるというのは、あくまで想像のなかのことであって、通常の比喩表現の範囲内の事柄である。第二に、そもそも人間の思考自体が比喩に支えられていることは広く知られていることである。人は何かを感じたとき、それを言語化しようとして比喩を用いる。遠い昔のことを語ったら、目の前の人が感動したという経験、遠く離れて見えるものがじつはつながっていたという実感――これを表すのに、長い「鎖」の一方の端に「触れ」れば、他の端が「ふるえる」というイメージはよく適合している。最初の一文の「つぎからつぎへと流れでていく出来事の途切れのない鎖」という表現は、二つ目の文にある、あるものに「触れ」たら他のものが「ふるえる」というつながりの感覚を伝えるために要請されたものであり、両者があわさって、手ごたえの実感が伝わる生きた比喩となっているのである。そこに論理的飛躍を指摘することはできるが、そもそも比喩（とくにメタファー）の本質が飛躍なのである。発見やひらめきは、多くの場合、具体的場面での比喩的・直感的把握であり、飛躍によって生みだされるものなのだ。だから人が比喩を通してしか存在の意味を獲得することができないことをチェーホフの作品に見いだしてもしかたない。問題はどのような比喩を選択するかである。では「出来事の鎖」という比喩表現が選ばれていることはどういう意味をもつのか。

主人公は、ヴァシリーサたちが物語に反応したのは、自分の語りの巧みさゆえではなく、ヴァシリーサたちとペトロのあいだに「何か関係がある」からだと考えている。しかし「関係」を現前させるためには、誰かが語るしかない。もちろん語る者は、それぞれの語りかたをする。学生の場合は、福音書のなかからペトロに焦点をあて、ペトロの内面に立ち入って語った。そして解きほぐすような調子で語った。聞き手の反応を支えるものは、彼女らとペトロとの「関係」だが、その「関係」を現前させたのは語る行為だった。語りの「巧みさ」は別にして、語りの素材と方法が重要だったわけである。

文学の営みも本質において同じである。〈語る〉こととは、離れたものを〈関係づける〉こと、つまり過去の（あるいは架空の）出来事に「触れる」ことであり、それは結果として、離れた場所（読み手、聞き手）に「ふるえ」（内面の共振）を引き起こすものなのである。ミメーシス（模倣）とカタルシス

〈浄化〉がこうして反復されていく。このことが浮かびあがってくるところに、「出来事の鎖」の比喩が生きてくる第一の点がある。

つぎに、「出来事の鎖」という比喩は、それ自体では思想的な色合いをもたない。もちろんそれを何らかの思想の裏づけに使うことも可能である。たとえば、すべての出来事はあらかじめ起こることが決まっているという、哲学的あるいは神学的な決定論をこの比喩で語ることもできる。しかし作品にはそうした方向づけをするような要素はない。何かが起これば、そこからつぎの何かが起こるという、ごく素朴な感覚に訴えかける表現がそこにはある。何か超越的なはたらきや原理といった観念を呼び寄せないような、飾り気のない表現で表される〈つながりの感覚〉――それを示すところに、「出来事の鎖」の比喩が生きてくる第二の点がある。

2　真実と美

「出来事の鎖」に触れたと感じたあと、学生はつぎのように考える。

あの園と大祭司の中庭で人間の生活を導いていた真実と美は、きょうまで途切れることなく続き、おそらくは人間の生活とこの地上全体において、つねに重要なものであったのだと。（『学生』）

ここで主人公は、自分のたった一つの体験から、「地上全体」における「真実と美」という壮大な一般論を引きだしている。そこでつぎに、「真実と美」、とりわけ「真実」（ロシア語でプラヴダ）という言葉について考えてみたい。まずチェーホフの世界で「真実」という言葉はどう用いられているのだろうか。

『中二階のある家』では、主人公が「真実と人生の意味」について語る。彼にとって「真実」とは、人間が肉体労働から解放され、芸術や学問などの精神的価値の実現に専念できるような状態を意味している。だが主人公は、「真実までは遠い」と考え、絶望感にとらわれている。『黒衣の僧』でも「真実」について語られる。幻覚の僧が主人公コヴリンに向かって、人類には「永遠の真実の王国」があり、おまえはその永遠の真実に仕える選良なのだと語る。しかし「永遠の真実とは何か」という問いに、僧は答えることなく消えていく。これらは知識人の「真実」のありさまである。では民衆においてはどうか。『谷間』（一九〇〇）には、登場人物の母と娘に関して、つぎのような描写がある。

そして彼女たちは、慰めのない悲しみにとらわれそうになっていた。だが彼女たちには、高い空から、星々の輝く青い深みから、誰かが見おろしていて、ウクレーエヴォで起こっていることを眺め、見張ってくれている気がした。そして悪がどれほど大きくても、それでも夜は静かで美しい、それでも神の世界には真実があるし、これからもある、夜と同じように静かで美しい真実があるのだ。そして地上のすべては、月明かりが夜と溶けあっているように、真実とひとつに溶けあうこと、ただそのことを待っているのだ。(『谷間』)

ここで「真実」は「悪」と対比されるもの、不正・不条理のなかに生きる人間が願い求めるものである。それはたとえば民衆宗教詩『鳩の書』にあるような、プラヴダ(公正)とクリヴダ(不正)が闘った結果、プラヴダは天に昇り、クリヴダは地上を歩くことになったというときのプラヴダ(公正=真実)と同一線上にあるといえる。これは『中二階のある家』などの生きる意味を見失った知識人が求める「真実」とはまったく異なる。

同じ知識人でも『決闘』の最後に出てくる「真実」、すなわち、「ほんとうの真実は誰も知らない」という考えにおける「真実」は、また違うものである(これについてはあとで見る)。「真実」とは、当然ながら、各人がそれぞれの置かれた立場からとらえるものである。何かの一例から、チェーホフ全体に敷衍できるような「真実」を導きだすことはできない

『学生』に出てくる「真実と美」を、キリストの犠牲行為と彼の教えの正しさと美しさだとする見方、あるいは広くキリスト教思想を述べているとする見方によく出会う。福音書の物語をきっかけに神学大学生が考えたことなのだからキリスト教的なものだというのであろう。たしかに、人が自分の弱さを自覚することを罪の自覚ととらえるなら、それはキリスト教の教えに入るだろう。一八八七年に書かれたチェーホフの短篇『キリスト受難週間』(これも復活祭物語のジャンルに属する作品である)では、語り手の八歳の少年が教会に入っていくと、磔にされたキリストとそのかたわ

らの聖母の姿が目に入ってきて、「わたしは罪深さと卑小さの意識にとらわれた」と書かれている。そして司祭に懺悔することで彼の心は晴れる。だとすると、聖職者の卵である『学生』の主人公がキリスト受難の日に福音書の一部を語っているならば、彼の思索は、罪、悔い改め、ゆるしに向かってもよいように思える。しかし、もちろんそういったものへの示唆はこの作品にはない。

『学生』の「真実と美」に関してはまた、「真・善・美」という伝統的な三幅対のうちの二つであるとする考えにも出会う。しかし作品に「善」が言及されていないことに注意する必要がある。

そもそもこの作品では、福音書のなかでもペトロの言動と心の動きを述べる部分が、ペトロに寄り添って語られるのであって、キリストの自己犠牲や彼の教え、あるいは彼が神であることを示す部分がとりあげられているのではない。ここにあるのは、警告を受けながら避けるべき行為を犯してしまう人間の弱さと、取り返しのつかない事態を前にした人間の姿である。この物語が聞き手に対してもつ力は、信仰の種類や有無を超えてはたらくはずである。

作品では、「真実と美」は、ペトロに起こった出来事において「人間の生活を導いていた」とされ、「人間の生活とこの地上全体において、つねに重要なものであった」とされている。つまり主人公のいう「真実」とは、ペトロの言動と心の動きの背後ではたらき、あらゆる時代のあらゆる人間を動かす力のことを述べていると考えるべきである。

「真実と美」の「美」もまた同様に、ペトロの物語に現れた普遍的な力、人間的なものが人間の心を引きつける力について述べたものと考えるべきであろう。そのような意味での「美」の使用例を、別の作品から一つだけ掲げておく。それは、病気で死んだばかりの息子を前にした両親（医者と妻）の描写である。「この場を支配する茫然自失、母親の姿勢、医者の無関心な顔――それらのなかには、心を引きつけ、動かす何かがあった。それはまさに、人間の悲しみというものの美、繊細で、かろうじてとらえられ、理解と描写のためのすべがまだすぐには見つかりそうにない、音楽だけが伝えられる美だった」（『敵』一八八七）。

3　世界とのつながり――ドストエフスキーとの対比

ここで一見唐突であるが、この『学生』の主人公の思考をドストエフスキーの『カラマーゾフの兄弟』（一八七九―八〇）に出てくるゾシマの思想と比較してみたい。というのも、それらのあいだには、かなりの類似が認められるからである。この類似はすでに指摘されていて、なかでもドルジェンコーフという研究者は、それを根拠に、チェーホフが「真・善・美」の一体性を説くロシアの宗教哲学に論争を挑んでいると主張している。わたしはこの考えに与しないが、ドストエフスキーとの比較検討は、逆に宗教や既存の思想の方向へと狭める読みかたから脱するのに役に立つと考える。

『カラマーゾフの兄弟』に出てくる長老ゾシマは、子供のときに体験した兄マルケルにかかわる出来事を語る。マルケルは、はじめは周囲に対して反抗的であったが、結核が進行していくうちに強烈な幸福感にとらわれる（これも復活祭の時期の出来事で「復活祭物語」の一つといってよい）。そして、「わたしたちはみな楽園にいるのに、そのことを知ろうとしない」という。さらに、「だれもがだれもに対して、すべてのことで罪がある」といい、小鳥に向かって自分を許してくれという。この小鳥に許しを請う行為についてゾシマはこう説明する。

それは無意味なようであるが真実なのだ。なぜなら、すべては大洋のようなものだからだ。すべてが流れ、触れあっている。人がある部分に触れれば、世界の別の端がそれに反応するのだ。（ドストエフスキー『カラマーゾフの兄弟』第二部第六章第三節）

すべてがつながっているのだから、目の前にいる小鳥に許しを請うことには意味があるというわけである。このゾシマの言葉は、出来事の鎖をめぐる『学生』の表現と、たしかによく似ている。ただし『学生』が因果の連鎖に基づくつながりの感覚を述べているのに対し、ゾシマが述べているのは、因果を超えたすべてのもののつながり（触れあい）の感覚であることは押さえておかなければならない。しかもゾシマの「触れあい」の感覚は、世界に対する罪の自覚と表裏一体である。そしてゾシマはこの感覚を、各人の心のなかに生まれながらに植えつけられた「キリストのすがた」という教えへとつないでいく。万物のつながりと万物への罪の自覚を説くゾシマの思想は、キリスト教的な宗教哲学の一種ということはできるだろうが、「出来事の鎖」をもとにしたチェーホフの学生の思索内容を、そのようなものを暗示すると考えるのは難しい。

思索がもたらす幸福感に関しても、両者の質は異なる。ゾシマのいう「罪」の自覚と「触れあい」の感覚は、ゾシマの兄マルケルに見られるような忘我的幸福感をもたらす。それはまた、ゾシマの弟子であるアリョーシャがゾシマの死後に体験したこと、すなわち、大地と星との「触れあい」を感じながら大地に伏し、「たしかな信仰」を得て立ちあがるときの恍惚体験（第三部第七章）につながる。これらがドストエフスキーにおける〈触れあう〉感覚の具体的な現れである。一方、チェーホフの世界における〈鎖のふるえ〉の感覚がもたらす幸福感は、ドストエフスキーにおけるような忘我的な恍惚感からは離れたところにある。両者の共通点をいうなら、それは身近な事柄のなかに世界とのつながりを見いだそうとする志向という、かなり大まかな事柄になるだろう。

『学生』の主人公が自分の体験を「出来事の鎖」という比喩でとらえ、世界と自分のつながりを感じるところに関しては以上のようなことがいえる。ではそこから「真実と美」についての考えを導くところについてはどう考えるべきか。つぎにこの点を検討したい。

4　直観と一般化

まず主人公は、自分の一つの体験だけから、きわめて大きな事柄へ思考を飛躍させている。これは、作品の初めの方で、寒さと空腹をきっかけに、闇、飢え、貧困などの悲惨が永遠に変わらずに続くという性急な結論を導いたときの推論と、その質においてなんら変わらない。チェーホフの世界には、何らかの気分に陥ると、すぐに一般論に走る人間がたくさんいる。彼らは何かにつけ、

「人類は」、「世界は」という一般論を述べたがる。

『学生』の後半における主人公の思索と、それによって得られた幸福感を肯定的にとらえる論が多い。チェーホフがこの作品を好んでいた、あるいは評価していたという周囲の証言があることも、こうした考えを支えている。チェーホフ自身の考えと完全に一致しているとまでいう者もいる。そこまではいかなくても、学生の思索と幸福観をそのまま受けとるような読みが主流を占める。

一方で慎重な論者もいる。たとえば、さきほどゾシマの思想との関連で言及したドルジェンコーフは、『学生』においてチェーホフは、主人公の思想を否定してはいないが、読者に対して、主人公の思想を疑うように導いていると述べている。慎重な読み手のなかには、「彼にとって人生は、魅惑的で、驚異的で、高い意味に満ちたものに思われた」のなかの「思われた」という言葉に注目する人もいる。しかし「思われた」という言葉が使われる例は、この作品でもほかに二か所あり、他の作品にも頻出し、決して特別なものではない。むしろその前にある、「彼はまだ二十二歳だった」という挿入が重要である。これは主人公を外から見る語り手の言葉と考えるしかない。語り手は、主人公の抱いた閉塞感から高揚感への移行を、学生の内面をなぞるように語ってきて、最後に対象への距離を明確に示す印をつけて終えたわけである。そのことは作品のタイトル『学生』にも表れている（最初に雑誌に発表したときのタイトルは『夕方に』だったが、のちに作品集に入れる際、『学生』に変更された）。

『学生』の主人公の考えに対する、もっと徹底した懐疑論者もいる。ドイツの研究者ヴォルフ・

シュミットは、登場人物たちの言動に隠された動機を詳細に検討している(「イヴァン・ヴェリコポーリスキーの疑わしき覚醒」『詩としての散文』)。まず主人公が家に帰りたくなくなったのは、家では精進をしているので食べられないからである。だからたき火を目にしたとき、彼は暖を取るだけでなく、食べ物にもありつけるかもしれないと考えただろう。さらに学生の思考の内容はあまりに抽象的で、具体的現実からかけ離れ、人を説得する力をもたないが、そもそもその思考の根拠となる事実認識も疑わしい。たとえば、ヴァシリーサが泣いた理由に関してシュミットはつぎのように考える。彼女が「涙を恥じるように袖をかざして火から顔を覆った」のはペトロの話を聞いて感動したからではない。キリストが殴られるのをペトロが遠くから見ていたという話を聞いて、自分のことに思いをいたしたからである。つまり自分の娘が夫から殴られるのを遠くから見ていたという自分の経験を思いだして泣き、恥じる表情をしたというのだ。

さらに娘のルケーリヤが苦痛の表情を浮かべたのも、ペトロの話に感動したからではないという。夫から殴られていた彼女は、キリストが殴られ、そのときペトロのそばに使用人たちがいたという話を聞いたことで、ちょうどいま彼女に近づいてくる目の前の使用人たちから自分が殴られるのではないかという脅威を感じたからである(「使用人たち」と訳した言葉は работники「働き手たち」という単語で、聖書のロシア語訳では使われていない。ヨハネによる福音書の場合、新共同訳によれば「僕や下役たち」となっている)。学生は、女たちの内面になど関心がないから、こういうことに思いがいたらないのだ。さらには、学生自身が使用人たちからの「脅威」を感じて、そそくさとその場から逃げていったのだ。こんな具合に登場人物たちの行動の動機を詮索することで、シュミットは主人公の思索の根拠を掘り崩し、その空想性を示そうとする。

こうした解釈の個々の点に反論をすることはしないが、わたしとしては、このような暴露の視線が、これほど慎重に、これほど隅々にまで隠されたものとしてこの作品を読むことはできなかった。たしかにキリスト受難の日に狩りに出かけたという設定には皮肉がこめられている。しかしそれは、当時の読者であれば、おそらくすぐにわかったことである。

シュミットはつぎのように述べて自分の論を締めくくる。作品冒頭の「ツグミが鳴き、隣の沼地では何かの生き物が空ビンに息を吹きこむような悲しげな唸り声をたてていた」という文のうち、「空ビンに息を吹きこむような悲しげな唸り声」という奇妙な比喩は、学生が現実の苦悩の中味を知覚できないことを示し、空ビンは、彼の悟りがまやかしであることを象徴していると。しかしわたしには、これが「奇妙な比喩」であるという感覚が理解できない。自然の声に耳を傾けてみれば腑に落ちる比喩であると思う。それは「ツグミが鳴く」のとならんで、多様な自然が発する音のありのままの姿を写した表現ではないだろうか。ここに主人公の空虚さの暗示を読みとる必然性は、わたしには感じられない。

ただ、学生が達した幸福感が独りよがりなものではないか、という一般的な問いに関しては、そうではないと答えることはできない。『黒衣の僧』のコヴリンを思いだしてみよう。幻影の僧から、おまえは「永遠の真実」に仕える選ばれた者だといわれたとき、彼は自分が「この上なく満足していて、幸せだ」と感じた。「真実と美」について考えたときの学生の幸福感に、コヴリンのような選良意識に結びつく契機がないとはいいきれないだろう。しかしまた、『黒衣の僧』と違って、『学生』にはそのような結びつきへの暗示もないのである。

『学生』という作品は、知識人が自分の体験を味わうだけでは終わらず、それを抽象化するさまを描きだしている。知識人（であろうとする人）のなかには、何かの体験をすれば、すぐにそれを一般化したがる人が多くいる。それを通して彼らは自分と世界に絶望したり、期待したりする。学生も最初は、寒さと空腹から暗鬱な歴史観を紡ぎだした。のちには、一つの体験から、真実と美の人類史を描きだした。こうした一般化は、チェーホフの描く知識人たちの直し難い性質なのだ。しかし、そうした知識人を描くということを、彼らの欺瞞性を暴露することへと単純化することはできないように思う。

たとえば『決闘』の最後における主人公の姿はどうだろう。この作品には、自分や愛人を欺きながら日々を過ごし、文学作品からの借り物の言葉を使うことで一人前の思考をした気になっている主人公ラエフスキーと、彼のことを社会ダーウィニズムの言葉で裁断するフォン・コーレンが登場する。二人の間の緊張は、やがて決闘にまでいたり、それと平行して主人公と愛人との関係も破綻の方向へ向かう。そしてどちらも破滅や破綻にいたらずに終わったあと、二人の男は和解する。フォン・コーレンはラエフスキーに対して、自分の信念は変わらないが、あなたという人間の理解において自分は間違っていたという。そして「主要な点において間違わなくとも、個々の点では間違うというのが人間の運命なのです。ほんとうの真実は誰も知らない」という。このあとラエフスキーは、旅立つフォン・コーレンを見送り、悪天候の海のなかで波に押しやられながら少しずつ漕ぎ進めるボートを眺めて、こう考える。

「そう、ほんとうの真実は誰も知らない……」とラエフスキーは、荒れた暗い海を沈鬱な思いで見ながら考えた。

「ボートは後ろへ押しやられる」と彼は考えた。「二歩進めば一歩さがる。しかし漕ぎ手たちは頑なで、たゆまずに櫂を漕ぎ、高い波を恐れない。ボートは前へ前へと進み、もう見えなくなっている。三十分たてば、漕ぎ手たちには汽船の明かりがはっきりと見えてきて、一時間後には汽船のタラップにたどり着くのだ。人生もこれと同じだ……。真実を求めるとき、人は二歩進めば一歩さがる。人は、悩んだり、間違えたり、人生に飽きたりして、後ろにさがってしまう。しかし真実への渇望、頑なな意志が、人を前へ前へと進めていく。誰が知ろう、ひょっとすると、人はほんとうの真実にたどりつくかもしれないのだ……。」(『決闘』)

「ほんとうの真実にたどりつくかもしれない」というラエフスキーの考えは、広大な空間を進むボートを前にしての一種のひらめき的な考えであろう。だが、「ほんとうの真実は誰も知らない」という状況のもとでは、人間が真実にたどりついたのか、あるいは近づいているのかの判断はできない。主人公にとって、ほんとうは、真実にたどりつくかどうかが問題なのではなく、真実をめざす人間の姿自体に救いを求めたいのだ、というしかないだろう。

「ほんとうの真実」という言葉は、自分の信念を曲げる気のないフォン・コーレンからラエフスキーが受け継いだ段階で文脈が変わり、意味も変質している。フォン・コーレンが問題にした「ほんとうの真実」とは、彼の信じる「科学的」世界観に基づく探究の個々の正否をめぐる事柄であったはずだが、ラエフスキーはそれを、実現をめざす目標に人が到達できるかどうかという問題に移しかえている。これは「真実」(プラヴダ)という言葉自体がもつ幅の広さからくることでもあるが、そもそもこうした登場人物の思索は一種の直観であって、たいていの場合、論理がつきつめられてはいない。そのことをもって、主人公の欺瞞性が暴露されていると考える必要はないだろう。

だが、直観にもそれなりの論理がある。「真実」をめぐる『学生』の場合は、この直観が、推論をつみ重ねるような形で展開されている。どのような推論が展開されているのだろうか。

5　推論の展開——トルストイとの対比

作品の前半で、主人公が寒さをきっかけとして考えたことは一文にまとめて示されている。これをAとすると、Aの内容はつぎの三段階からなりたっている。

A　いま寒い風が吹いている事実から出発して、

①遠い過去から現在まで、いまのような寒い風が吹いていた
②遠い過去から現在まで、いまのような貧困、飢え、無知等々があった
③これらの「おそろしいこと」が、過去・現在・未来にわたって存在する

こうして、いま・ここにある寒さが、三ステップで一気に「おそろしいことの永続」という大きな命題を導いたことになる。

つぎに、作品の後半で学生が幸福感に達するときの思考の流れを見てみる。こちらは、かなりの分量になっている。これをBとすると、大きくわけて、「出来事の鎖」にかかわる思考（B１）と、「真実と美」にかかわる思考（B２）からなる。まずB１に含まれる論理を取りだしてみると、つぎの三つからなる。

B1　ペトロの物語（取り返しのつかない行為を悔いて泣く話）を聞いた人がいて、
①その人がもし泣いたなら、その人と泣く対象には関係がある
②その人がもし泣いたなら、泣く対象となった過去と泣いている現在とは関係がある
③その人がもし泣いたなら、その人の心が、対象となる人の心に近いものを感じている

ここでは、「もし……ならば……だ」という推論を三つ重ねている。それによって、人が「泣

く」という行為における主体と対象の関係は、過去と現在という時間の隔たりを超えた関係である、そしてそれはそれぞれの人の心と心の関係であるという具合に思考を展開していく。

つぎにB2を見ると、これも三つの部分から成りたつ。

B2　さきほどのB1の③から帰結することとして、
④過去と現在は出来事の鎖でつながっている
⑤その鎖に自分は触れた気がした
⑥美と真実は昔もいまも存在し、人間にとって重要なものでありつづける

これは、さきのB1とは異なる論理構成になっている。B1の①②③では、一貫して観察者として論理を導いていたが、B2の④⑤⑥はそうではない。真中にある⑤は観察者としての認識ではなく、自分が直接かかわったことによる認識だからである。詳しくいうと、まず④では、〈泣くことは心と心のつながりを示す〉という認識を「出来事の鎖」という比喩で表現する。⑤では、そこから一歩先へと思考を進めるのだが、その際、人が泣くという出来事にかかわった当事者としての実感があって、そこから⑥の「真実と美」という一般化へといたる。つまり最後の飛躍を導く論理を支えるのは個人の感覚なのである。逆にいうと、出来事の鎖という認識を、自分の個別の感動の体験をもとに、一般的な命題へと高めたのが、B2における学生の思索だといえる。

A①～③のような推論は、範囲を単純に拡大していく一般化であるが、Bの①～⑥のような推論を重ねた一般化は、チェーホフにそれほど見あたらない。そして『学生』のようなごく短い作品でこれだけ推論に字数を割いていることは注目に値する。このことを考えるにあたって、トルストイに目を向けてみることにも意味があると考える。

チュダコーフは、チェーホフにおけるトルストイ的な文体を考察するなかで、つぎのようなことを述べている。トルストイの心理描写の独自性の一つは、主人公自身が自分の感情や思考を分析することにあり、その際、実際の内的言語をそのまま映しだすような、非論理的で、整理されてない構文を用いたことにある（トルストイはしばしば、モダニズム文学で打ちだされた「意識の流れ」の手法を先どりしていたといわれるが、これはそれに当たるだろう）。しかし実際のところ、トルストイの作品に見られる自己分析的独白において優勢なのは、論理的タイプの文章である。そしてチェーホフの作品のうち、トルストイの影響を受けていた時期の作品（『名の日の祝い』〔一八八八〕、『ともしび』〔同〕、『退屈な話』〔一八八九〕、『無名氏の話』〔一八九三〕など）には、そうした論理的自己分析が見られる（その後は見られなくなっていく）。

以上はチュダコーフが主人公の自己分析に関して述べている事柄であるが、トルストイの登場人物の行う論理的分析の言葉は、自己を対象とするときだけでなく、世界を対象にし、その哲学的意味について考える際にも現れる。そして、いま問題にしている『学生』の思考も、世界を対象にした思考である。

もちろんここでは、論理的文章一般を問題にしているわけではない。あらかじめ頭にある考えを説明する論理的文章なら、もっと頻繁に見いだされるだろう（たとえば、『中二階のある家』で主人公が論争相手に自説を述べるときなど）。自己や世界についての内省的思索というのは、それとは違って、答えを探りながら考えていくものである。
『学生』執筆のころの手紙で、チェーホフはつぎのようなことを書いている。

しかしトルストイの哲学はわたしを六、七年のあいだ強く感動させ、わたしを虜にしました。わたしに作用したのは、以前からわたしの知っている基本命題ではなくて、トルストイの表現の流儀、理屈っぽさ、そして、おそらく一種の催眠術でした。いまでは、わたしのなかで何かが異議を唱えています。勘定と公正の精神が、わたしにこう語ります。純潔と肉を断つことよりも、電気と蒸気に人類への愛はより多くあると。戦争は悪だ、裁判は悪だ、でも、だからといってわたしが草鞋《わらじ》をはいて労働者やその妻といっしょに暖炉の上で寝るべきだ、等々ということにはなりません。でも問題はこのこと、つまり賛成か反対ということではなく、いずれにしても、わたしにとってトルストイはもう消え去り、わたしの心のなかに彼はおらず、「見よ、わたしはおまえの家を空にする」といって、彼はわたしのなかから出ていったということなのです。（一八九四年三月二七日付、スヴォーリン宛）

最後に出てくる引用は、マタイによる福音書でイエスがエルサレムの人びとにいう言葉、「見よ、

チェーホフとトルストイ（1901）

お前たちの家は見捨てられて荒れ果てる」を利用したもので、福音書の精神を熱心に説いたトルストイに対する皮肉が効いている。この手紙が書かれた時期は『学生』執筆の時期（一八九四年三月）と重なる。したがって、ここに書かれたようなトルストイの思想（哲学的・宗教的著作だけでなく、小説に見られるものも含めて）に関する問題意識が『学生』に現れている可能性は十分にある。実際、これまでにも『戦争と平和』（一八六五―六九）との関連が指摘されている。

たとえばゴロヴァチョーヴァという研究者は、『戦争と平和』でアンドレイ公爵がオークの木を見ながら考える二つの場面（第二巻第三部第一章、第三章）、およびアンドレイ公爵とピエールの渡し船での会話（第二巻第二部第一二章）のなかに、『学生』の思索と発見を思わせるような描写が見いだせると述べている。そこには人が宇宙を構成する一部であるという認識、それを悟ったときの幸福感、それを描写する細部が描かれているが、それらは、たしかに『学生』に通じるものをもっている。ゴロヴァチョーヴァは、チェーホフはトルストイのような形で思想を押しつけないとしながらも、いま挙げた登場人物たちと『学生』の主人公の到達する結論は一致していると見ているようだが、その点には賛成できない。トルストイにおいて人間が宇宙の一環であるととらえられるとき、宇宙は植物から人間へ、そして神へと上がっていく「階段」と考えられていて、その点、『学生』の出来事の因果の「鎖」の認識とはまったく異なるのである。表現の類似性が、かえって内容の相違を浮き彫りにしている。

重要なのは、主人公が発見にいたる思考過程の描写である。さきのチェーホフの手紙のなかに、「トルストイの表現の流儀、理性的であること、おそらく一種の催眠術」に、かつて彼が惹かれていたと書かれている点に注目したい。そしてこの観点からすると、同じトルストイでも、『戦争と平和』よりも『アンナ・カレーニナ』（一八七五―七七）と比べてみる価値があるように思える。

『アンナ・カレーニナ』では、レーヴィンという人物が思索するようすが詳細に描かれる。とくに作品の終わりでレーヴィンが信仰について思考する部分は何頁にもわたっている。そのなかに、たとえばつぎのような一節がある。

「もしも善というものに原因があるなら、それはもう善ではない。もし善に結果、つまり報酬があるなら、それもまた善ではない。ということは、善は原因と結果の連鎖の外にあることになる。

そしてその善をわたしは知っている、われわれみんなが知っているのだ。

わたしは奇跡を求めていた、そしてわたしを信じさせるような奇跡を見たことがないのを残念に思っていた。だがこれこそが奇跡なのだ、ただひとつ可能で、つねに存在していて、あらゆる方向からわたしを囲んでいる奇跡なのだ。なのに、わたしはそれに気づかなかった！　これ以上のどんな奇跡があろう？

わたしはすべてのことに対する解決を見いだしたのだろうか？　わたしの苦しみはいま終わったのだろうか？」――レーヴィンはこう考えて、埃の道を歩き、暑さも疲れも感じず、長い苦しみが癒やされていく感覚を味わっていた。それはとても喜ばしい感覚で、こんな感覚はありえないと思われるほどだった。彼は興奮のあまり息が止まりそうになり、これ以上歩くことができず、道からはずれて森に入り、草が刈られていないヤマナラシの木陰にすわった。

（トルストイ『アンナ・カレーニナ』第八部第一一章）

以上は、長く続く思考の描写から一部を切りとったものであるが、ここには思考の表現のしかただけでなく、思考の内容とその規模、そして思考がもたらす発見の喜びの描写において、『学生』にたいへん近いものがある。そしてレーヴィンのこうした思考が、広い空間のなかを歩きながら行われていること、また、思考がもたらす喜びのために息ができず、歩みを止めたということも『学生』に通じる。さらにいえば、これよりも後の場面でレーヴィンは、星を眺めながら自然界の発展や人生の意味について考えをめぐらせる。そして人が神と善への信仰を求めることを、「重要な、地上にたえず現れている奇跡」なのだと考える（第八部第一二章）。『学生』の主人公が、真実と美が「人間の生活と地上全体において、つねに重要であった」と考えていたことと対比することができる。

こう見てくると、人間存在の意味をめぐっての、たたみかけるような思考の流れと発見の喜びの描写が、かなり類似した形で『アンナ・カレーニナ』と『学生』にあるということができる。ただし相違点として、主人公の思索が、トルストイでは直接話法で伝えられるのに対して、チェーホフでは間接話法で伝えられるということがある。加えて描写が短いということも相まって、チェーホフの文章には「催眠」効果は感じられない。

内容的相違をいえば、レーヴィンにおいては信仰が問題となっていて、それは「善」という言葉でいいかえられている。さらに引用した以外のところでは、「真実」という言葉も信仰をさすものとして使われている。つまりレーヴィンにおいては「善」と「真実」が信仰を表し、一方、『学生』では「善」は語られず、とくに信仰を暗示しない「真実」と「美」が語られる。そしてレーヴィンの考える「善」の不断の実行（つまり神への信仰の実践）は、原因と結果の「連鎖」の外にあり、学生のいう「真実と美」（人間的なものの顕現）は、出来事の「連鎖」が支える。

以上のことから見て、『学生』が『アンナ・カレーニナ』を（さらに広くトルストイを）意識し、それに対する論争の意味をこめた作品であるという可能性もあるだろうが、ここではそれを主張したいのではない。さきにドストエフスキーのゾシマの思想との比較で行ったと同じように、同じ時代の空気のなかに存在した他の文学表現（そこには目の前の小さな現実から壮大な問題に思いをはせるという共通項がある）と対比することで、チェーホフの世界の特質が浮きあがることを示したかったのである。

6 創作方法としての自由

そしてその特質のなかでもう一つ重要なことがある。レーヴィンが思考するようすを描くとき、語り手は、空間的視点としてはレーヴィンを外から描くものの、レーヴィンの内面の声を代弁しながら語っているといってよい。そして『アンナ・カレーニナ』という作品の末尾は、レーヴィンの言葉で閉じられる。語り手による締めくくりの言葉はないのである。もう語り手に用はなくなったとでもいうように。

一方、『学生』においては、主人公の内面の伝達に割りこむ形で、「彼はまだ二十二歳だった」という、主人公から距離をおいた声をはさむ文で締めくくる。主人公の幸福感の提示だけで作品を終えるまいというかのように。

しかしそれは、主人公に審判を下して終わるということでもない。人は誰でも、何かの体験をしたとき、それを自分なりに意義づけようと試みる。その思考の内容と表現が生煮えであったり、直線的すぎたりしても、それは自前の頭脳と感覚で生きている人間のふつうのありかたである。

チェーホフの世界には、さまざまタイプの人間が出てくる。職種を見ても、医者、教師、技師、役人、学者、聖職者、地主、農民、工場経営者、労働者などなど、きわめて多様である。作品数が多いだけに、人物の数もきわめて多い。彼らは、何かに不満を抱き、いらいらし、あきらめ、怒りの発作を起こし、興奮しては落胆し、決断ができず、行動に踏みきれない。彼らはふつうの人間であり、作者から特別な課題を担わされた人間というものからは遠い。作者から称揚される存在でもないし、逆に裁断される存在でもない。

たしかに、『黒衣の僧』では、自我拡大の妄想が破滅にいたるさまが描かれ、『箱にはいった男』では、自己保全に凝り固まった人間が、グロテスクの要素を含んだ方法で描かれる。しかしそれは、彼らに審判が下されるということとは違うように思われる。そうではなく、彼らの偏ったところ、歪んだところが映しだされていると表現すべきであろう。すくなくともチェーホフはそのように意識していたと考えられる。それは彼の手紙のさまざまな文章からわかる。「人びとが病気だからといって攻撃するのが作家の仕事ではありません」（一八九五年二月二八日付、シャヴローヴァ宛）。「芸術家は、自分の登場人物たちや、彼らが語ることについての裁判官ではなく、ただ、偏りのない証人でなければならないのです」（一八八八年五月三〇日付、スヴォーリン宛）。「ふつうの作家にとって、空気以上に必要な公正さについていっておきたい」（一八九一年九月一六日付、シャヴローヴァ宛）。これらに加えて、もう一つ手紙から引用しておきたい。それはチェーホフが構想していた長篇小説に関して述べた文章である。

わたしがこの長篇小説の基礎に置くのは、よき人びとの生活、彼らの風貌、行為、言葉、考え、希望です。わたしの目標は、同時に二兎を追うことです。生活をありのまま描き、あわせて、その生活が規範からどの程度はずれているかを示すことです。規範が何であるかは、わたしにも、わたしたちの誰にもわかりません。わたしたちはみな、不名誉な行為が何であるかはわかりますが、名誉とは何なのかは知りません。わたしは、もっと心に近い枠組み、わたしより強く賢い人たちがすでに検証している枠組みに依拠します。その枠組みとは、人間の絶対的自由、暴力・偏見・無知・悪魔からの自由、激情その他からの自由です。

（一八八九年四月九日付、プレシチェーエフ宛）

一八八九年に構想した長篇小説は、結局書かれなかったが、そのときの材料はその後のいろいろな作品に生かされているといわれている。この手紙に述べられていることは、チェーホフ自身の生活の原則を示すものとしてよく引用されるが、まずは創作の方法として読むべきであろう。何にもとらわれないという、いわば理想の地点に「枠組み」を設定し、その地点から、「よき人びと」の現実の姿を照射するという創作の意識的な方法が述べられているのである。

真実と美について考える『学生』のイヴァン・ヴェリコポーリスキーも、『決闘』のなかで真実について考えるラエフスキーも、弱みをもった人間が一種のひらめきを体験し、それを言語化するところが描かれている。そのありさまを通して読者は、登場人物がわれわれふつうの人間と同じ地平に立っていると感じることになる。格別高い資質をあたえられているわけでもない「よき人びと」〈つまりは、ふつうの人びと〉が、日常から一歩だけ離れたところで体験する〈世界とのつながりの感覚〉、そして彼がその感覚を自分の心の糧にするために、並みの知性で思考するありさま〈したがって、いくらでも外から批判できるようなありさま〉――それらを、そのまま「絶対的自由」という地点から照らしだそうとしている点が、さまざまな読みかたを生みだしつつも、多くの読者をひきつける力となっていることはたしかであろう。

もっとも、逆にそれがチェーホフを直感的に嫌う原因となるかもしれない。覚悟、決断、孤高といった構えをよしとする人が〈あるいは人がそういう構えをもつ時期に〉、チェーホフの言葉を好まないということはあるだろう。

第六章　視線をたどる

1　ひらめき体験

『学生』の主人公は、「出来事の鎖」の発見によって世界に対する新しい見方を得た。つぎにこうした〈発見〉の体験を、チェーホフの世界のなかで広く考えてみたい。

まず、『学生』に近い時期に書かれた『ロスチャイルドのバイオリン』（一八九四）を見てみよう。主人公ヤーコフは棺桶屋（葬儀屋でもある）だが、もうけ（利益）のことばかり考えているので、人の死を当てにしている。人間的な感情が消え失せてしまったかのようなヤーコフにも、妻の死をきっかけに変化が訪れる。かつて自分たちに子どもがいて死んでしまったことが思いだされ、白樺の林や杉の森が近くにあったことも思いだされてくる。だがその林も森も伐られてしまってもうない。そのとき彼は、これまでの思考の習慣に従って、もうけについて考えはじめる。

そのあと家に帰る途中、彼は考えた。死から生じるのは利益だけだ。食べることも、飲むことも必要がなく、税金を払う必要も、人を傷つける必要もない。人が墓に入っているのは一年ではなくて何百年、何千年のことだから、計算すると利益は膨大になる。人間が生きていれば損失が生まれ、死ねば利益が生まれる。この考えはもちろん正当なものだ。だがやはり、腹立たしく、苦々しいものだった。どうしてこの世はこんなおかしな仕組みになっているのだろう、人間に一度だけあたえられた人生が、利益なしで過ぎていくなんて。

死ぬのは惜しくなかったが、家でバイオリンを目にしたとたん、心が締めつけられ、惜しくなった。バイオリンを墓にもっていくわけにはいかない、そうするとバイオリンはみなしごになる、白樺の林や杉の森と同じことになる。この世のすべては消えてしまったか、これから消えるのだ！　ヤーコフは小屋から出て敷居にすわり、バイオリンを胸に押しあてた。消えてしまった人生、損失の人生のことを考えながら、彼は思うにまかせて弾きはじめた。だが悲しげな、心を打つ音色が響いてきて、頬に涙が流れた。考えれば考えるほど、バイオリンは悲しい調べを奏でた。

（『ロスチャイルドのバイオリン』）

ヤーコフはこのあと死ぬが、死ぬときに、自分が侮辱したことのあるロスチャイルドという名前のユダヤ人にバイオリンを託す。そのバイオリンはいつも悲しい音色をたて、それを聞く人びとは涙を流した、ということで話は終わる。

この作品と『学生』は、かなり雰囲気が異なるが、ほぼ同じ時期に書かれたものである。一方で、人生は利益を生みださないことを発見して死んでいく人間が悲しいバイオリンの調べを奏でる。他方では、若く未来のある学生が、人生が高い意味に満ちていることを発見し、幸福の甘い感覚を味わう。これら正反対の作品はしかし、何らかの出来事をきっかけに、人が自分なりに思考し、生というもののなりたちを発見する過程を描き、その発見が心のなかに引きおこす波紋を描いて終わるという点では同じである。

さらに注目したいのは、『学生』では、人間の弱さをめぐる物語が人に涙を催させることが描かれ、他方『ロスチャイルドのバイオリン』では、失われた生を自覚する悲しみの託されたバイオリンが聞く人に涙を催させるさまが描かれている。これらの感動を生みだす原泉は、弱い人間が、人間の配慮を超えた力を前にしていると感じたことだといえる。これをもっと拡げて、〈人間を超えた世界のなかにある卑小な人間の営み〉に目を向けることが何らかの感動ないし発見をもたらすこと、と考えるなら、それはチェーホフのさまざまな作品にさまざまな形で見いだされる。

その代表として『犬をつれた奥さん』のよく知られた場面——主人公の男と女がヤルタ郊外のオレアンダで海を眺める場面を挙げることができる。

木々の上では、葉は揺れず、セミが鳴いていた。そして下から聞こえてくる単調で低い海のざわめきは、安息について、いつかわれわれに訪れる永遠の眠りについて語っていた。ここにヤルタもオレアンダもまだなかったころ、下ではこんなふうにざわめいていたし、いまも、この先われわれがいなくなったときも、同じ無関心な低い音でざわめいているだろう。そしてこの変わりのなさ、われわれ一人ひとりの生死に対するまったくの無関心のなかに、おそらく、われわれの永遠の救いの鍵が、地上の生命のたえざる動きの鍵が、たえざる完成の鍵が隠されているのだろう。夜明けの光の下でこんなに美しく見える若い女のそばにすわって、海、山、雲、広い空といった、おとぎ話の舞台のような情景を前にして、グーロフは心静まり、うっとりとして考えた。よく考えてみれば、ほんとうのところは、この世界のすべてはすばらしいのだ――ただわれわれ自身が、存在の至高の目的やおのれの人間的尊厳を忘れた状態で考えること、行うことを除いて。(『犬をつれた奥さん』)

ここで「まったくの無関心」について述べながら、その実質が何を意味するかわからない「完成」を語る点は、さきに見た『決闘』の最後の場面、すなわち、主人公が「ほんとうの真実は誰も知らない」といいつつ、いつか「ほんとうの真実にたどりつくかもしれない」と考える場面を思いださせる。二つの〈ひらめき〉体験は、世界が人間と隔絶したものであるという否定的認識を経たあと、それを人間の「完成」ないし「真実への到達」の可能性という肯定的認識に転じようとしているという点で同じ論理構成をしている。

ここには、世界は人間のために作られてはいないが、人間はそうした世界のなかにいながらも「たえざる動き」をし、みずからの「完成」をめざす本性を備えた存在である、という考えがあるように思われる。さらにその前提にある論理を踏みこんで推察するなら、世界は人間の価値追求にまったく関与しない、だから人間はみずからの価値追求ができる、世界が人間に無関心だからこそ人間は自由で創造的でありうるのだ、という認識があるといえるだろう。

しかし、それは逆にいうと、人はおのれを保つ道を、いかなる慣習や掟や権威にも身をゆだねず、みずからの手で切り開くしかないということでもある。『犬をつれた奥さん』の男と女も、世間でいう不倫の関係に真実を認め、それをつらぬこうとするのであれば、とらわれの状況を脱する道は、何にも頼らず、二人だけで探るしかない。「どうやって？　どうやって？」と男が自問するところでこの作品は終わる。オレアンダで考えられた「永遠の救いの鍵」とは、そうした孤独な試練の芽を宿すのである。

いずれにせよ、この「救いの鍵」は、人間に対する世界の無関心のなかに感じとられるものであった。この感覚は、『学生』の主人公が得た幸福感とも異なるし、『ロスチャイルドのバイオリン』の悲しい音色とも違うものではある。しかしそれらのあいだには、無限の世界と微小な人間の両者に同時に視線を投げ、人間の価値をめぐって、否定を介した上で肯定を志向するという共通の構図が認められる。

2　瞑想的脱線

こうした世界と人間をめぐる瞑想的な思索は、いま見た三つの作品では、実際の自然の広大な姿を前にして行われているという点でも共通する。こうしたかたちの瞑想は、一八九〇年代後半以降の作品によく出てくる。たとえば、『箱にはいった男』（一八九八）の最後のところがそれである。

もう真夜中だった。右手には村の全景が見えていた。長い通りが、遠く五露里ほど先までのびていた。すべてが静かな深い眠りについていた。動きもなく、音もなく、自然界がこれほど静まりかえるとは思えないほどだった。月の夜に、村の広い通りや百姓小屋、干草の山、眠りについた柳の木々を見ていると、心が穏やかになる。村の通りは、この静けさのなかにあって、労働や気づかいや悲しみとは無縁な夜の暗がりのなかに隠れ、おとなしく、悲しげで、美しい姿を見せている。そして星々もまた、この通りを、やさしくうっとりとしたまなざしで見ているようで、地上にもう悪は存在せず、すべてがうまくいっているような気がする。左手の村のはずれからは野原が広がっている。野原は遠く地平線まで見わたされ、月光を浴びたこの野原の広がりのどこにも、動きもなければ音もないのだった。（『箱にはいった男』）

そもそもこの作品で語られてきた話は「箱にはいった人間」、つまり、あらゆる危険や秩序の乱れをおそれて、自分を安全な囲いで覆おうとする人間の話であった。その話のあとだけに、いま見た広大な自然の描写は強い印象をもたらす。

じつはこのような、語り手が物語の流れから離れて行う瞑想ないし省察というものは、西洋の小説（広くいえば修辞学）のなかでは、昔から一つの手法として存在してきた。英語で digression（脱線、余談）、ロシア語で「叙情的逸脱」といわれるものである。ロシア文学であればプーシキンやゴーゴリが、長篇小説の流れをさえぎって、自己の回想や人生と社会についての考察や慨嘆をくりひろげる。

トゥルゲーネフの短篇・中篇小説にもこうした瞑想的な「逸脱」（脱線）がよく出てくる。『猟人日記』の語り手は、人間について物語る筆を必ずどこかで休めて、おのれの視線を大自然に向ける。「ベージンの草地」を例にとれば、語り手が火の光のたわむれを観察するときがそうである（これは、第二章の〈ゆらめく火〉の描写のところで取りあげた）。さらに同じ語り手は、視線を空にも向け、星の光を観察してこう述べる。「無数の金色の星々はみな、競うようにまたたきながら、天の川の方へゆっくりと流れていくように思われた。そしてたしかに、この星々を眺めていると、地球の止まることのない急速な動きをおぼろげに感じとったような気がするのだった。」

語り手がもっと前面に出てきて、「逸脱」というよりも、本格的な哲学的瞑想を展開する作品もトゥルゲーネフにはある。その一つが『ポレーシエへの旅』（一八五七）である。以下はその冒頭部分である。

地平線を覆いつくす巨大な松の森の光景、「ポレーシエ」の光景は海を思わせる。それが引きおこす印象も海と同じだ。海と同じ原初の力、人の手に触れられていない力が、見る者の前に広大な威容をくりひろげる。長い時をへた森の奥深くからも、海の不死のふところからも、同じ声が聞こえてくる。「わたしは、おまえなどに用はない」と自然は人にいう。「わたしは君臨する、おまえは自分が死なぬように努めるがよい。」だが森は海よりも単調で物悲しい。とくに、つねに同じ姿をし、ほとんど音を立てない松の森はそうだ。海は脅威ももたらせば慰めもあたえる。海はあらゆる色調に輝き、あらゆる声で語る。海は空を映しだし、その空もまた同じように永遠を感じさせる。だがその永遠は、まだわれわれにはよそよそしくないかのようだ……。姿を変えることのない暗い松の森は、陰鬱に黙するか、さもなければ虚ろに唸る。その姿を見ていると、われわれ人間は無であるという意識が心のなかにいっそう深く、抗いがたく入りこんでくるのだ。（トゥルゲーネフ『ポレーシエへの旅』）

この作品は、いったん、『猟人日記』のなかに含められたが、あとで作者自身がそこからはずしたものである。ここに述べられたペシミズムは、作品の結末でやわらげられる。冒頭の瞑想的な思索のあと、自然のなかに暮らす者たちとの会話が描写されるが、翌日の夕方は、昨日と異なって、太陽は穏やかな光を放ち、自然は異なる顔を見せる。そして語り手には自然からのこんな声が聞こえてくる。

「休むがよい、兄弟よ。かろやかに息をし、嘆くことはやめよ、おまえのすぐ前には眠りが控えているのだ。」（トゥルゲーネフ『ポレーシエへの旅』）

このあと語り手は一匹のハエの動きを観察し、自然の本質を悟ったと感じる。生命の均衡こそが自然を支えていて、それを外れたものは自然からはじきだされる。そして虫や動物たちは、生命を燃焼させたあとには去っていかねばならないことを知っている。ただ人間だけが苦しい思いをする。せめて沈黙する術をわきまえるしかない、と語り手は考える。

自然を前にした哲学的瞑想という点で、チェーホフ以前のロシアの作家のなかでトゥルゲーネフはきわだっている。『猟人日記』を含めた一八五〇年代から七〇年代までの中篇・短篇におもに見られ、晩年の『散文詩』(一八八二)もそのような瞑想の書である。プンピャンスキーは、トゥルゲーネフの哲学的瞑想の源泉を、ショーペンハウアーの思想に見いだしている。そしてトゥルゲーネフの哲学的瞑想は、内容だけでなく叙述の仕方もショーペンハウアー流で、個別の印象をもとに一般的な結論に飛躍するものであり、したがって哲学とはいえないと批判的に述べている。だがそれは、見方を変えれば、個別の観察に触発された〈ひらめき〉を伝えるという、一つの文学表現の型をトゥルゲーネフが提供してくれたともいえる。ロシアのどこかを(狩猟などで)移動しながら、人間や社会を観察し、同時に大いなる自然に視線を向け、自然における人間存在の意味を考察するという一つの型を。

チェーホフの作品にくりかえし出てくる瞑想的な思索には、いま述べた点において(印象にだけ基づいて結論へ飛躍する点も含めて)トゥルゲーネフの哲学的瞑想にたいへん近いものがある。これまでにも述べた他の要素とともに、チェーホフがトゥルゲーネフから受け継いでいるものの一つだろう。

3　チェーホフ的瞑想

トゥルゲーネフの瞑想的な「逸脱」は、語り手が出来事の伝達からいったん離れて、読者に直接に語りかけるかたちをとる。これは他の作家の「逸脱」でも同じである。しかしチェーホフの瞑想的「逸脱」はそういうかたちをとらない。語り手が主人公と一体になって作品世界のなかで考えるようなかたちをとっている。この点を立ち入って見るために、壮大な事柄に思いがおよぶ瞑想を含んだいくつかの場面を検討してみよう。

まず、すでに一八八八年の『曠野』に「逸脱」が見られる。そこでは、九歳の少年の旅が語られるなかで、ステップの広大な空間の美しさと不気味さが述べられ、その存在の意味がつかめないことが嘆じられる。

長いあいだ目をそらさずに青い空を見ていると、なぜか頭と心が孤独の意識のなかに溶けあっていく。自分がどうしようもなく孤独で、以前は近しく親しいと思っていたものが、すべて限りなく遠く、価値のないものになってしまうのだ。すでに何千年ものあいだ空から見おろしている星々、不可解な空そのもの、そして薄暗がり――これらは人間の短い命に対して無関心で、これらと差しむかいになってその意味をつかもうとすると、沈黙で心を押さえつける。われわれ一人ひとりを墓で待っている孤独というものが頭に浮かび、人生の本質は、望みの絶たれた恐ろしいものに思えてくるのだ……。
（『曠野』）

ここでは、語り手が「わたし」として出てはこないが、思索の内容からして、九歳の子供である主人公の感情がそのまま伝達されているとするのは難しい。語り手が主人公のきわめて漠然とした感覚のなかに入りこんで、その感覚に自分なりの意味づけをしていると理解すべきだろう。作品のその他の箇所では、語り手がもっと明白に主人公の視点を離れて語ることもある。それらはいずれも語り手の「逸脱」といえるだろう。

右の引用に見られる陰鬱な瞑想につながるようなペシミスティックな考えは、その後のいくつかの作品（『ともしび』、『六号病棟』、『退屈な話』など）で哲学風な思想として述べられる。しかしそれらは、登場人物あるいは一人称の語り手（「わたし」）が自分の思想として述べるため、外部の語り手が行う「逸脱」とはまったく異なるものである。

『学生』ではどうか。主人公は最初ペシミズムに陥り、そのあと楽観的な気分になるが、どちらにおいても、主人公の考えた内容は、「……と考えた」という客観的な伝え方によって提示されている。つまり『学生』でも、思考は語り手による「逸脱」という形で提示されてはいない。『決闘』という作品も同じである。末尾の部分で主人公は、海を見ながら、「ほんとうの真実は誰も知らない」、「人はほんとうの真実にたどりつくかもしれない」と考えるが、この場合も「……と考えた」という客観的な語りで伝えられている。こうした主人公自身が行う思索の叙述形式は、どんな作家においても、ごくふつうのことである。こうしたかたちの登場人物の思索が、トルストイにおいてはもっと徹底的に展開されることもさきに見たとおりである。

『イオーヌイチ』(一八九八)という作品も同様である。主人公は、あいびきを待ちながら夜の墓場を歩き、大きな事柄に思いをいたす。まず彼は墓場を揺りかごにたとえる。この揺りかごには「生命というものがかけらもないが、暗いポプラの木の一本一本に、墓の一つひとつに、静かで素晴らしい永遠の生命を約束する神秘が感じとられる。」しかしそのあと、彼は誰かが自分を見ているように感じる。そして自分を見ているのは、「穏やかさでも静けさでもなく、物いわぬ非在、おさえつけられた絶望」なのだと考える。永遠の安らぎを約束する墓場の静寂も、あいびきと接吻と抱擁という生の喜びを期待している身には、生を奪われた者たちからの眼差しと見えるわけである。この場面の描写にも、「スタルツェフ[主人公]を驚かせたのは」や、「彼は考えた」などの言葉があり、考えている主体が主人公であることがはっきり示されている。

『谷間』にも類似の描写がある。さきに一度引用した部分であるが、もう一度掲げておく。「だが彼女たちには、高い空から、星々の輝く青い深みから誰かが見おろしていて、ウクレーエヴォで起こっていることを眺め、見張っているような気がした。」ここでは「彼女たちには……ような気がした」とあり、登場人物たちの知覚として伝えられていることがわかる。ただし、「気がした」は、『学生』や『決闘』にあった「考えた」とは異なって、主人公の漠然とした気分を語り手が代わって言語化しているといえる。また、この場合とくに、二人の人物の内面を一括して言語化しているため、語り手の声が混じっているような印象がある。

これに対して、さきに掲げた『犬をつれた奥さん』のオレアンダの場面は、語り手がさらに前に出た語りとなっており、瞑想的「逸脱」と見ることができる。引用したうちの後半部分には「グーロフは考えた」という言葉があるので、問題は前半部分である。「木々の上では、葉は揺れず、セミが鳴いていた。そして下から聞こえてくる単調で低い海のざわめきは、安息について、いつかわれわれに訪れる永遠の眠りについて語っていた。ここにヤルタもオレアンダもまだなかったころ、下ではこんなふうにざわめいていたし、いまも、この先われわれがいなくなったときも、同じ無関心な低い音でざわめいているだろう。そしてこの変わりのなさ、われわれ一人ひとりの生死に対するまったくの無関心のなかに、おそらく、われわれの永遠の救いの鍵が、地上の生命のたえざる動きの鍵が、たえざる完成の鍵が隠されているのだろう。」

この部分の叙述は、それまでの部分(引用以前)の流れを受けて、過去形でなされている。また風景も、主人公たちの視点から描かれていることから、ここに述べられたことは、主人公グーロフが考えている内容であるようにも思える。他方ここには、「(彼が)考えた」とか「(彼には)思われた」といった言葉はなく、思索内容がじかに示されている。そしてその思索内容は、主人公を取り巻く状況から離れた壮大な事柄におよんでいるため、読者には、語り手が直接自分の考えを述べているようにも聞こえる。つまりここでは、さきほどの『曠野』の例と同様、語り手と主人公の声が融合するようなかたちで瞑想的「逸脱」がなされている。このような思索の主観的な提示のしかた（語り手が主人公と一体になって考えを提示すること）は、思索の主体を明白に示す客観的提示（「……は考えた」など）に比べて、読み手に作用する力がかなり大きいといえる。しかしそれは同時に、『学生』に見られたような〈思考の論理的提示〉にかわって、〈気分の提示〉という性格をいっそう強めることになるという点にも注意を向けておきたい。

以上からわかることは、チェーホフにおいては、しばしば自然の大きさと人間の小ささを対比する視線が現れ、それらの関係をめぐる瞑想的思索がさまざまなバリエーションで出てくるということである。その関係のとらえかた、すなわち、人間にとって自然を最終的に肯定的なものと見るか、否定的に見るかについていえば、あとになるほど肯定的なものが多いという傾向はあるが、作品の論理によるため、かならずしも時期で区別はできない。ただし、肯定的なとらえかたのある作品のうち、『決闘』と『学生』までは、瞑想が主人公のものとして示されるが、それ以後の作品では、語り手の声が主人公の声と溶けあうような形で提示される傾向が強くなってくる。そしてそのぶん、〈思考〉の側面が後退し、〈ひらめき〉の性格が増していくということになる。

このような瞑想的「逸脱」――語りの流れとしては、気づかぬうちに聞こえだすような「逸脱」、しかし話題の規模としては、人間世界から一気に時空の彼方に視界を拡げる「逸脱」――これが、チェーホフの世界（とりわけ一八九八年頃以降の諸作品、それ以前では一八八八年の『曠野』や一部の作品）を特徴づける重要な要素なのである。

そしてもう一点、これらの瞑想が、実際の自然の風景を前にして行われていることも、もう一度確認しておきたい。その際、人がたんに光景を視覚的に受けとっているだけでなく、その光景そのものとそれを知覚する人が、夕日や月や星の光を浴びている、あるいは海の波音に満たされていると感じていることにも注意を向けたい。これらのことについては、最後の章でもう一度戻ってくることにする。

第七章　感覚に寄り添う

1　身体感覚

◆気分と身体感覚

チェーホフの散文は、筋の展開の緊張感によってではなく、状況とそこにかもしだされる気分の提示によって読者を引きつける。主人公の気分の提示は、第六章で見たような主観的な「逸脱」では直接的になされるが、「逸脱」を含まないような客観的な提示では、「(彼には)……気がした／思われた」といった表現でなされることが多い。そこで、『学生』のなかからそれを見てみよう。『学生』にはこの表現が三度出てきて、主人公の気分の変化を示す要所となっていることがわかる。

一つ目は、「突然やってきたこの寒さは、あらゆる秩序と調和を崩したように彼には思われた。自然そのものが不気味がっているようで、そのため夕闇が深まるのが異様に速いように思われた」である(訳の便宜上、二文にしてあるが、原文は一文で、「思われた」の使用も一度だけである)。これは、寒さがきっかけで主人公に生じた気分の変化を示していて、そのあとの悲観的な思考を導いている。

二つ目は、「そして彼は、ちょうどいまこの鎖の両端を見たような気がした。一方の端に触れると、もう一方の端がふるえたのだ」である（これも原文では一文である）。こちらは、さきに見たように、一般化に向かう推論の間にはさまれた個人的体験となっている。

三つ目は、「そして若さと健康と力の感覚――彼はまだ二十二歳だった――そして幸福の期待、知られざる神秘につつまれた幸福への言いようもなく甘い期待が、しだいに彼をとらえていき、彼にとって人生は、魅惑的で、驚異的で、高い意味に満ちたものに思われたのだった。」これは作品の最後の文で、この気分の高潮とともに作品が締めくくられる。

これらを見ると、気分の転換は、寒さ、鎖に触れること、若さと健康と力の感覚など、何らかの身体感覚とつねに結びついていることがわかる。では『学生』のテクスト全体にはどんな身体感覚が現れているのだろうか。以下に、視覚、聴覚、嗅覚、触角、その他あらゆる感覚の描写を洗いだしてみる。

まず、ツグミの鳴き声、沼地の生き物がビンに息を吹きこむような音、ヤマシギが飛ぶ音、それを追う銃の声が描写される（ここまですべて**聴覚的知覚**）。そのあと冷たい風が吹きこんできて（**風を体に受ける感覚**）、生き物の音がやみ、暗さが増し、冬の感覚が戻る（**暗さと冷たい空気の感覚**）。ここまで語り手は、自然から受けとる感覚を、まだ登場していない主人公の視点をさきどりするかのように伝えている。

主人公は冠水した草地をずっと歩いている（**広い空間での視覚と運動感覚**）。そのあと、学生は寒さと空腹の感覚を歴史全体へと敷衍して悲観的となる（寒さ、空腹）。

つぎに菜園の女たちがたき火をたいている（たき火の暖かさ、音、明るさ）。たき火は周囲の耕地と女たちを照らしている（ゆらめく光による視覚像）。また、近くで働く男たちが馬に水を飲ませながらしゃべっているようすが伝えられる（聴覚）。

主人公がペトロのことを話しはじめるとき、物語のなかのたき火の場面（ペトロが感じた寒さとたき火の暖かさ）を想像している。想像のなかで中心となる感覚は聴覚である（人びとがペトロに問う声、ペトロが答える声、鶏の声、ペトロが泣く声）。

物語が終わったあと、女たちの涙と苦悶の表情が描写され、通りかかった男と馬の姿が見える（ゆらめく火による視覚像）。

そのあと主人公が歩きだすと、また風が吹き、手は寒さに凍える（風を体に受ける感覚）。学生が「出来事の鎖」について考え、喜びの感情が湧きあがってくると、学生は息をつぐために立ちどまる（呼吸の感覚。これに関しては、風を体に受ける感覚とあわせて、あとで詳しく考えたい）。

最後はふたたび広い空間の描写である。主人公は渡し船で川を渡り、丘に登り、丘から村と夕日を見わたす（広い空間での運動感覚と視覚）。そして主人公は自分のなかに幸福感が満ちてくるのを感じる（身内にみなぎる若さと健康と力の感覚）。

このように『学生』は、さまざまな身体感覚を総動員して〈気分〉を映しだしている。

◆身体感覚と空気

〈気分〉が身体感覚によって示されるとすれば、〈気分〉を具体的な事物や状態へと凝縮した〈イメージ〉のありかたにも身体性が反映するはずである。したがって、〈イメージ〉の身体性、あるいはその物質的基盤にも目を向ける必要がある。

トポローフという研究者が「詩的コンプレクス」ということをいっている。彼の論文「海の〈詩的〉コンプレクスとその精神生理学的基盤」は、詩的テクストに表れた「宇宙的なもの」(この場合「海」)を、その基層にある「精神生理学的基盤」との関係から追究するものである。つまり、文学テクストを、精神と身体の作用という観点から見るというアプローチである。「詩的コンプレクス」とは、精神分析でいうコンプレクスの概念をかなりゆるやかに文学に適用したものだろう。本来の「コンプレクス」が人の無意識のなかにあって何らかの感情を伴う心的形成物の型だとすれば、「詩的コンプレクス」とは、詩――つまり生活上の必要性からひとまず切り離された想像力による精神的活動――のなかで一定の型をもってあらわれる宇宙的なイメージを、人間の身体性とのかかわりでとらえたものと見てよいだろう。

「海コンプレクス」の具体的モチーフとして、トポローフはつぎの四つを挙げている。

一つは「波」に代表させることができる。まず海はステップ(広大な草原)をとらえる際の比喩となるが、両者の特徴は、外的広がりとしては「広大無辺」、内的性質としては「うねり・ゆれ」、そして知覚者のなかに生じる「リズム」である(最後の点に、「波」の「精神生理学的基盤」がはっきりと表れている）。

二つ目は「空」で、これもまた海を想起させる。底なしの空のような海は「不死」、「永遠」を表し、死ぬべき運命にある卑小な人間に対比されるイメージとなる。

三つ目は「底」（海底）である。これは、一方で「死」と「恐怖」のイメージ、他方であらゆるものの「保存」（とくに過去の生命、未来の生命の保存）のイメージとなる。

四つ目は「岸」で、これは海と陸を結びあわせる場所、波が何かを打ち寄せる場所であり、「近さ＝愛」を表す。

トポローフは、トゥルゲーネフを論じた著書でも「海コンプレクス」を取りあげ、トゥルゲーネフはステップ、荒野、森、道、丘、日没など、あらゆるものに海のイメージを読みとる力がきわだっていたと述べている。一例として、前に紹介した『ポレーシエへの旅』の冒頭部分を挙げることができる。そこでは、広大な森が海に似ていること、森は海よりも陰鬱で恐ろしいこと、森からは自然の無慈悲な声が聞こえてくることが語られていた。

さて、トポローフの「詩的コンプレクス」論は、詩的イメージを身体感覚的視点から見る方法の一つとして、本書の関心にとって、たいへん示唆的なものである。しかしチェーホフの世界には、海のイメージ群と重なりはするが、それとは区別すべき「詩的コンプレクス」があるのではないか。海よりももっと身近に存在していて、「広大無辺」と「ゆれ」という特性もそなえ、人間の〈気分〉に直接に影響をおよぼすもの――それは空気ではないか。そう考えてチェーホフを読みなおしてみると、チェーホフの世界が、予想をはるかに超えて空気のイメージ群に満たされていることがわかる。それを具体的に見るまえに、まず空気という根源物質(元素)について考えておきたい。

神話的なものを引きずった哲学的思考として、世界が土、水・空気・火といった根源物質でなりたっているとする考え方がある。ソクラテス以前のギリシアの自然哲学では、世界を作りあげている根源物質として、土、水、空気、火がそれぞれに主張された。やがて根源物質を一つとする見方にかわって、四つの根源物質の混合と分離によって世界の生成消滅を説明するようになっていった。こうしてできてきた四大元素の考えかたは、その後のヨーロッパでは、占星術や錬金術を含む近代科学以前の知的活動において、自然を把握するための根本的な原理だった。この考えかたにおいて、空気は水と並ぶ「元素」である。水が広がる広大な空間が海であるなら、空気が広がる領域は、空あるいは大気ということになる。

現代ではフランスのバシュラールが、四大元素めぐる「物質的想像力」という観点から詩的イメージを分析している。習慣化したイメージは想像力を停止させるが、「元素」は想像力を働かせる力をもつとバシュラールはいう。「空気」(大気)の想像力については、『空と夢――運動の想像力にかんする詩論』で、とくに垂直の運動という観点から考察している。そして空気という元素の特質は昇華であり、「大気の詩人」の代表はニーチェであるという。

バシュラールが、想像力というものを、あくまでも運動感覚にもとづいてとらえようとするところ(たとえば飛翔を足の運動感覚からとらえ、呼吸を筋肉の運動感覚からとらえるなど)からは、イメージを具体的に「体験」することの大切さを教えられる。ただ彼が、高さ、上昇、意志といった事柄を重んじ、論ずる対象としてニーチェを中心に据えるあたりには、何か貴族的な匂いを感じる。ふつうの人間の相貌をとらえ、現実世界の些細な事象にまなざしを向けるチェーホフの空気的想像力は、それとはかなり違った雰囲気をたたえているように思われる。

「元素」という言葉についていうならば、ヨーロッパの言語でそれを表すのは、ラテン語のエレメントゥムにさかのぼる「エレメント」という単語である。この単語はまた、（とくに複数形で）悪天候、広くは自然の猛威をも表すことができる。この場合、元素は世界を構成する〈物質〉であるだけでなく、世界に生成と消滅をもたらす〈力〉とも考えられているわけである。

ロシア語には、こうした古代的な元素を表す言葉として、ギリシア語のストイケイオン（元素）からきた「スチヒーヤ」という言葉がある（「エレメント」という単語もロシア語にあるが、現代語ではこの意味ではふつう使わない）。この「スチヒーヤ」という名詞は、人間や社会における「盲目の無意識的衝動」といった意味ももっていて、詩や哲学のテクストにおいてはこの意味で用いることも多い。一方、西欧語の「エレメント」に関しては、そうした語義は辞書に載っていない（ただし形容詞にすれば「エレメンタルな（単純で強烈な）感情」と表現することはできる）。このようにロシア語において、物質界と精神界における根源的な力を表すための一つの名詞があるということは、たいへん興味深い。

以下では、この〈物質界と精神界をつらぬいてはたらく力〉の観点から、チェーホフにおける〈空気的イメージ〉を考えてみたい。さらに、空気以外の元素をもつらぬく力の現れとしての〈振動〉についても考えてみる。

まず、空気はあまりに日常的なものであり、また目に見えないものなので、その存在を意識することは少ない。しかし空気は、人がそれに取り囲まれ、たえずそれを吸っているという意味で、人間の生命にとってきわめて根源的なものともいえる。呼吸に困難が生じれば、人は空気の存在の大きさを感じざるをえない。風を受けているとき、あるいは高速の移動をしているときの爽快感ないし恐怖感も、まずは空気の圧力を通して感じている。そして、広々とした場所で吸うさわやかな空気は人に開放感をもたらし、狭い空間のよどんだ空気は閉塞感を生みだす。こうした感覚はどれも空気に結びついた身体感覚である。

水棲動物でない人間は、誕生前には胎内の水に浸っていたとしても、生れ落ちるとともに空気の世界に入り、死ぬまでそこで暮らす。世界との違和も軋轢も、調和も安息も、すべて空気を通して生じる。原初性や永遠の眠りといったものとの親和性が強い水や土と比べると、空気は、人間の想像力のなかで、現実世界における生命の営みを映しだしやすい物質かもしれない。

空気にかかわるイマジネーションは、どのような具体的モチーフに表されるのだろうか。さきに見たトポローフの「海コンプレクス」は、波、空、底、岸といったモチーフをもっていたが、よく考えてみると、それらはどれも視覚的にとらえられるものである。一方、空気のイメージ群は、視覚ではとらえにくく、むしろ聴覚、嗅覚、触覚、運動感覚といった、より身体に即した感覚でとらえられるものである。空気のイメージに注目することは、身体的感覚から対象に迫るための有効な切り口になるだろう。

空気にかかわるイメージ群として、具体的には、風、高速の移動または飛翔、音、匂い、呼吸を挙げることができる。

まず手はじめに、「空気」という言葉がチェーホフにおいてどう使われているかを見ておこう。「やわらかな冷気のなかには春の気配が感じられた」(『僧正』)。これは特別な表現とはいえないが、もっと自在な表現もある。「空気が速い速度で暗くなっていった」(『早すぎた!』、『ともしび』。両作品にまったく同じ表現がある)。「罪が凝縮して、空気のなかに靄として立ちこめているように思われた」(『谷間』)、「喜びが空気のなかにふるえていた」(『僧正』)。「復活祭の聖歌、教会の鐘の音、櫂が水に当たる音、鳥の鳴き声、これらすべてが空気のなかで混じりあって、何か調和的でやさしいものになっていた」(『根無し草』)。そして『学生』の最初の段落にはこうあった。「ヤマシギが一羽飛んでいった。と、それを追う銃の音が、春の空気の中に朗々と楽しげに響きわたった。」

つぎに、より具体的な事物・現象の中に〈空気的イメージ〉を探ってみよう。

2　空気のイメージ群〈1〉

◆匂いと音

匂いと音は、つねに空気を連想させるというわけではないが、空気が運ぶものなので、ときに重要な空気的モチーフとなる。

まず匂いである。チェーホフの世界では、「匂い」、「匂う」という言葉は、「空気」という単語とともに用いられることが多い。最初期(一八八一年)のパロディー的作品から見てみよう。「空気は、やさしい気分をかもしだすさまざまな匂いに満ちている。ライラックが匂い、バラが匂う。ナイチンゲールが鳴き、太陽が照っている……などなど」(『よもやま話、詩と散文』一八八二)。最後の「などなど」という言葉で、その前の部分がステレオタイプの表現であることを風刺的に示している。その八年後の例を見てみよう。「夕方六時過ぎだった。白いアカシアとライラックが強く匂う時間で、空気が、そして木々までもが、自分の匂いで凍りついてしまうように思えた」(『国語の教師』この部分を含む第一部は一八八九年発表)。こちらは、「自分の匂いで凍りつく」という比喩によってステレオタイプ化が避けられている。

日常生活の匂いももちろんある。「ある六月の夕刻、太陽が沈んでいき、干草と温かい肥料と温まった牛乳の匂いが空気にただようとき、ジュージャのところに質素な馬車が入ってきた[……]」(『女たち』一八九一)。祝日の雰囲気も匂いでとらえられる。「祝日のなかには独特の匂いをもつものがあります。復活祭、聖神降臨祭、降誕祭のときには、空気のなかに何か特別な匂いがします。信仰をもたない人でもこれらの祝日が好きです」(『旅路』)。

季節感も匂いで表される。日本語でも「匂う」という動詞は比喩的に「気配がする」という意味に使われるが、『学生』で「冬の気配がした」と訳したものも、直訳すれば「冬の匂いがした」でである。主人公をペシミズムに陥れた寒さの感覚も空気感なのである。

つぎに音である。『学生』の冒頭をもう一度掲げよう。「はじめは晴れていて穏やかな天気だった。ツグミが鳴き、隣の沼地では何かの生き物が空ビンに息を吹きこむような悲しげな音をたてていた。ヤマシギが一羽飛んでいった。と、それを追う銃の音が、春の空気の中に朗々と楽しげに響きわたった。」ここで、広々とした空間の感覚はもっぱら音を通して伝えられている。

他方で不快な音もある。その代表は第四章で見た『役目がら』の風の音(「ウーウーウー」)、『往診中のこと』の夜の工場内の不気味な音(「デル、デル、デル」、「ドリン、ドリン、ドリン」、「ジャク、ジャク、ジャク」)である。戯曲のなかにも、『桜の園』に出てくる「空から聞こえてくるような悲しげな「弦の切れる音」」といった例がある。

そもそも音という現象自体が空気の振動である。日常生活において音から空気の存在を感じとることはそれほど多くはないが、遠くから聞こえる大きな音は、空気の存在感を伝える。なかでも鐘の音は、もともと遠くまで響かせることを目的としたものなので、広大な空間に響きわたる雄大さを感じさせる。たとえば『僧正』では、主人公が死んだ翌日の復活祭のようすがつぎのように描写される。「街には四十二の教会と六つの修道院があった。街の上方では、よく響く楽しげな鐘の音が、朝から晩まで休みなく響き、春の空気を揺らしていた。」ちなみにチェーホフ自身、鐘の音をたいへん好んでいた。

◆風

風のイメージは、それ自体で独立したテーマとなるような対象である。吹雪もここに含めてもよい。吹雪といえばロシア文学をつらぬく重要なモチーフである。ただ、チェーホフの場合は、これらもまた独自の表れ方をしている。それは、登場人物の気分を暗示したり強調したりするための背景でもなく、ストーリーを動かす動力になっているわけでもない。それらは、登場人物の内面に作用するものとしてはたらき、登場人物はその作用を受けとって反応する。その心的状態が描写の中心なのである。『学生』のなかで、主人公がペシミズムに陥る原因は、春の陽気のあとに急に吹きこんできた冷たい風であった。そしてその寒さが、「あらゆる秩序と調和を崩したように彼には思われた」と述べられていた。空気の感覚がそのまま世界全体に対する感覚になっていることがわかる。

『旅路』ではこんな具合である。「外では、悪天候が騒いでいた。何か狂ったもの、悪意をもつもの、しかし、このうえない不幸を抱えたものが、獣のような激しさで、はたご屋の回りをのたうちまわり、中に入りこもうとしていた。」

『グーセフ』(一八九〇)という作品は、シベリアで病を得た男が故郷に帰る船で死ぬ話だが、その冒頭に船が風で揺れる描写がある。そこで主人公グーセフは、世界の四つの隅につなぎとめられている風が鎖から放たれたという話をする。これは黙示録で語られる、天使が引きとめている風のことで、自然の力(エレメント)としての風の猛威を示す神話的表象である。海の波を描くときにも風に注目していることがわかる。
風はこれらの例で獣にたとえられているが、風は人間も獣にしてしまう。『殺人』（一八九五）という作品では、ヤーコフという人物が弟といさかいになり、最後には弟を殺すことになる。そのときヤーコフの心を追いつめるのが風である。

風は、彼の顔にじかに吹きつけ、襟のところで唸っていた。これは、風が彼にささやいているのだ、広く白い野原からこれらすべての考えを運んできて、彼にささやいているのだと思われた。（『殺人』）

彼は帽子もかぶらずに中庭を通りすぎ、道に出ると、こぶしを握りしめて歩いた。このとき雪が舞いはじめ、あごひげが風に揺れた。彼はずっと頭を振り回していた。というのも、何かに頭と肩を押さえつけられていたからだ、まるで悪鬼たちが乗っているかのように。そして彼には思われた——これは自分が歩いているのではない、何か巨大な恐ろしい獣が歩いているのだ、そして自分が叫び声をあげると、咆哮のごとく野原と森に響きわたり、あらゆる人をおののかせるのだと。（『殺人』）

風の力はヤーコフを獣へと変えてしまうかのようである。実際に人を殺すのは彼の妹であるが、殺人の原因を作るのはヤーコフの憎悪である。ここに見られる描写は、自然が擬人的にとらえられているというういいかたでは足りない。ここには自然と人間のあいだにエネルギーの行き来があるかのようなダイナミックな把握がある。

つぎに『黒衣の僧』における風の役割を見てみたい。主人公コヴリンは、庭園を散歩し、遠くまで続く小道を見る。そこを歩いていけば、太陽が沈んだばかりの未知の場所にまで到達するような気がする。そして「全世界がわたしを見ていて、身をひそめて、わたしが理解するのを待っているようだ」と考える。ちょうどそのとき風が吹く。そして竜巻のようなものが遠くに見え、おそろしい早さで彼に迫ってくる。彼のもとに来ると、それは黒衣の僧の姿になる。ここでは、風が幻覚の像に変化したかのように描かれている。

二年後に死ぬ直前にもコヴリンは幻覚の僧を見る。そのときも僧は風から生じたように描かれる。まず妻からの憎悪の手紙をちぎって窓から捨てると、海から風が吹いてきて押し返す。バルコニーに出ると美しい入江が見え、向こう岸に竜巻のようなものが立っている。それはおそろしい早さでコヴリンのところまで近づいてくると、黒衣の僧の姿をとる。そして、おまえは天才だと語る僧の声を聞きながらコヴリンは死んでいく。風は広大な自然（一度目は大地、二度目は海）のなかから生じて、主人公の心に作用するのである。

以上見てきた風の描写を人間と自然の関係という観点から見るなら、チェーホフは自然を、たんに人間心理を映すもの、あるいはその背景として描写するのではなく、自然のエネルギーが人間にどう内面化されるかという視点からとらえているといえる。そして、人間と自然のかかわりの把握は、哲学的な世界観といったものではなく、あくまで身体感覚による把握なのである。

◆雪・雨・雲・霧

雪、雨、雲、霧も空気・大気に結びついたものである。しばしば風とともに描写される。「それ[風]は、黒い雲から吹いてきて、塵の塊を運び、雨と濡れた土の匂いを運んできた」(『曠野』)。雪は実体としては水であるが、存在様態としては大気的なものである。吹雪のときには風が雪を舞わせる。風が穏やかなときの雪は、軽さと白さで世界をやさしく覆う感覚をもたらす。後者の感覚については、『発作』(一八八九)のなかの描写がたいへん印象的である。

最近、初雪が降った。そして自然のなかのものすべてが、この若い雪の影響下にあった。空気は雪の匂いがしていた。足元では雪がさくさくとやわらかな音をたて、土、屋根、木々、並木道のベンチなど、すべてのものがやわらかく、白く、若々しい。そのため建物は昨日と違った姿に見え、街灯は昨日よりも明るく輝き、空気はもっと澄み、馬車の音も静かだった。そしてこのすがすがしい、かろやかな冷たい空気といっしょに、白く若々しい、ふんわりとした雪に似た感覚が、彼の心のなかに入りたがっていた。(『発作』)

最後の一文、「そしてこのすがすがしい、かろやかな冷たい空気といっしょに[……]雪に似た感覚が、彼の心のなかに入りたがっていた」は、これまで述べてきたこと、すなわち、心は空気を通して自然と一体となるということを見事に表してくれている。

しかしこの感覚は長くは続かない。主人公の繊細な精神は、やがて自然との調和を見失う。娼婦がいる横丁にまで降る雪を見たとき、彼は呪われるべき場所に無垢な雪が降ることに耐えられなくなる。「彼には暗闇が怖かった。粉となって地面に落ち、全世界を埋めつくそうとするかに見える雪が怖かった。雪雲を通してほの暗くまたたく街灯の明かりが怖かった。彼の心は、どうにもならない気弱な恐れに取りつかれていた。」かつては新鮮でやわらかく、無垢を体現するものとして世界の初々しさを彼に注ぎこんでくれた雪、それがいまや汚らわしさに染まって世界を埋めつくし、彼の心に染みこみ、発作をもたらすのである。

◆高速の移動と飛翔

高速の移動については『たわむれ』(一八八六)という作品を掲げるのが適当だろう。主人公はナージャという女性といっしょに橇で氷の斜面をすべっていく。

橇は弾丸のように飛んでいく。切り裂かれる空気が顔を打ち、耳のなかで唸り、騒ぎ、はじけ、悪意にかられてはげしくつかみ、頭を肩からもぎとろうとする。風に押されて息ができない。悪魔がわたしたちを両手でつかみ、猛り声をあげて地獄に連れていこうとするように思われた。まわりのものは溶けあって、まっしぐらに走る一本の長い帯になる……。あと一瞬でわたしたちは終わりのような気がする！

「きみが好きだよ、ナージャ！」とわたしは小声でいう。

橇はどんどん速度を落としていき、風の猛り声と橇の滑り木の唸る音は、それほど怖くなくなり、息がつまることもない。そしてわたしたちはやっと下に着く。ナージェンカは生きた心地もない。顔は青ざめ、やっと息をしている……。わたしは彼女が立ちあがるのを助ける。

（『たわむれ』）

この例でわかるように、高速の移動もまた風の体験なのである。

こうした形で風を体験できる手段は、橇のほかに馬や馬車もあるだろう。だがこの世には、空気のなかをみずから移動する鳥というものが存在する。自分自身は飛べない人間も、鳥を見ることで飛翔の感覚を想像的に体験することができる。鳥もまた〈空気的想像力〉にかかわる重要なシンボルである。シンボルといってしまうと、静的なものを想像しがちだが、空中を自由に移動する身体的な感覚が重要なのである。『曠野』には鳥の描写が何度も出てくるが、風との結びつきで出てくる例を一つだけ掲げておく。

つむじ風に驚かされ、何が起こったのかわからぬまま、一羽のウズラクイナが草のなかから飛びたった。そして、ほかの鳥たちと違って、風に向かってではなく、風の流れにのって飛んだ。そのため羽が逆立ち、全身が膨らみ、鶏ほどの大きさになり、激しく怒ったような堂々たる姿になった。(『曠野』)

あとの章でも見るが、『僧正』という作品では、主人公が死ぬ前に想像のなかで「鳥のように自由」になったと感じる。そこでは巡礼としての歩行の感覚が、やがて重力の縛りから解かれて飛翔の感覚に近づいている。『グーセフ』という作品は、この『僧正』と似た点を多く含む。こちらでも、死に瀕した主人公が想像のなかで橇に乗って高速で移動する場面が出てくる。チェーホフにおいては、夢や幻覚のなかでも、高速の移動や飛翔の感覚が重要なのである。

想像のなかでの移動ということをいえば、弾丸も重要である。『学生』の冒頭の猟銃の音を思いだそう。主人公が広い空間を歩くことの重要性についてはすでに見た。じつは冒頭で主人公がヤマシギを射止めようとして撃った弾丸も、いわば主人公の身代わりとして高速の飛翔をしているのだ。狩猟家にとって銃声はたんなる音ではない。弾丸が銃声をあげて飛びだし、空気を切って飛んでいくとき、狩猟家自身も弾丸となって飛翔し、獲物を追いかけているはずだ。『学生』の銃声も、鳥を捕えようとする思いが音となったものなのだ。「春の空気の中に朗々と楽しげに響きわたった」と書かれているのがそれである。

3　空気のイメージ群〈2〉

◆呼吸

つぎに呼吸のイメージを見てみたい。高速の移動のなかでは息をするのが困難になる。逆に、さわやかな風のなかにいるとき、人は静かに深く呼吸し、世界に憩う。どちらの場合も、人は空気を通して世界の力を感じとっているといえる。興奮のために息を深くつぐ必要が生じることもある。『学生』の最後の描写をもう一度見てみよう。「すると突然、よろこびが彼の心に押しよせてきた。そして彼は息をつぐために一瞬立ちどまりさえした。」感動で息がつまるという描写は他の作品でもよく出てくる。『聖夜』の僧侶は、復活祭の聖歌を聞くと「息が止まりそうになる」といい、語り手はこの言葉をそのあと二度用いている。あとで詳しく見る『僧正』では、死が近づいている主人公の体の状態の描写は、まずは呼吸のようすから始まる。「呼吸は重く、速く、乾いていた。」

呼吸によって身体の内部と外の世界のあいだに物質のたえざる循環が行われているとすれば、人間が世界と切り離せない存在であることを、呼吸ほどに示すものはない。空気の観点から見れば、世界の力動性は風であり、生命の力動性は呼吸である。インド・ヨーロッパ諸語、その他の言語で、「心」、「魂」、「生命」などを表す語が、しばしば「息をする」を意味する語に由来することが知られている。それらの単語はときに、「風」を表す単語とも関連する。神話的思考にのっとれば、風＝世界と息＝魂は、対応しあう大宇宙と小宇宙である。

カラショーフという人は『文学の物質』という本のなかで、チェーホフの世界における呼吸の重要性を指摘している。カラショーフは、作品に出てくる個々の物質（モノ）がもつ意味を考察するのだが、その際、それらのモノに作者のどのような身体的直観が反映されているかを考える。そのことで、作者自身にも隠されているような意味をテクストに探ろうとする。この場合、モノはシンボルとしてはたらいているといってもよさそうだが、カラショーフは、文化的に規定されたシンボル的意味、あるいはそこに込められた心理的な意味より、それらのモノ性が重要だと考えている。文学作品のなかでモノに凝縮された意味（物質的・身体的直観に由来する意味）を探ること、それがカラショーフのめざすところであり、この視線を彼はさまざまな作家に適用する（彼は自分の方法を「存在論的詩学」と呼んでいる）。こうしたアプローチは、さきに見たトポローフのアプローチとはまた違った意味で、テクストのなかの個々の事象を物質的・身体的にとらえる方法の一つといえるだろう。

「箱にはいったチェーホフ」という章でカラショーフは、チェーホフを「箱」の視点から分析している。『箱にはいった男』という作品のタイトルにある「箱」（その原語がさすのはケースやサックの類）は、チェーホフの世界を特徴づける概念の一つとして、これまでも広く用いられてきた。チェーホフの登場人物たちは、外界の危険を避けてひたすら安住したいという欲求、あるいは逆に、閉塞感をもたらす場所からとにかく逃れたいという欲求を強くもっている。その結果、作品に出てくる空間的表象（壁、柵、家、村、町など）は、つねに象徴的意味合いを帯びる。そうした空間的表象だけでなく、人間の行為や思考もまた、〈閉じるもの・閉じたもの〉であるならば、「箱」というメタファーで表すことが可能となる。

この「箱」を考えるにあたっても、カラショーフは、モノとしての「箱」にこだわることで、習慣化したメタファーから思考を解き放つ。たとえば、『かもめ』のなかで剥製のカモメが入れられている書棚や、『桜の園』で百歳の誕生日が祝われる書棚を「箱」の視点から考察する。さらに楽器も音の入った「箱」としてとらえ、「箱」のなかで音＝魂が自由＝飛翔を求めているのだと考える。そして人間の身体、とくに胸は、魂を入れる「箱」だというのである。

ここから話は「呼吸」に向かう。魂の宿る胸は呼吸をする場所だからだ。カラショーフはとくに呼吸のリズム（吸う・吐くの二拍子のリズム）に注目し、それを作品の構成のシンメトリーのなかに見いだす（たとえば戯曲が春に始まって秋に終わることなど）。そのほかに呼吸とそれにかかわるモチーフのさまざまな形態が、広範な作品から取りあげられている。カラショーフはこれらを、チェーホフが結核を病んでいたことと関連づけてとらえている。

樹木に関してもカラショーフは興味深いことを述べている。チェーホフは樹木というものを、呼吸をして空気（酸素）を生みだすものとして見ていた一方で、地面に釘づけにされたものとしても見ていたというのである。この指摘は、「呼吸」と「箱」を一つの視点からとらえるべきであることを教えてくれる。呼吸とは、箱に閉じこめられた生命が、空気のやりとりを通して世界とつながることなのだ。

◆食と呼吸

呼吸によって取りいれる酸素は、生体にとってエネルギー源である。世界からエネルギーを取りいれる行為といえば食がある。そこでチェーホフにおける呼吸の意味をいっそう浮かびあがらせるために、呼吸を食と比較してみよう。

『学生』のなかにも食に関する言及が二か所ある。まず、復活祭前なので、主人公の家では食事を作っていない。だから学生がペシミズムに陥ったきっかけは、寒さと空腹だった。その結果、彼が考える内容にも、人びとの飢餓ということが入っている。学生がヴァシリーサたちのたき火のところに来たとき、食事も期待したということは、ありうることではある。しかし主人公はヴァシリーサたちと話をしたあと、食事をとったわけではないのに幸福感に達することができる。そのときに空腹感はおそらく忘れられている。そもそも彼が出かけた目的である狩りからして、獲物（食料）を得て帰ってきたのかどうかさえわからない。すでに見たように、狩りの目的は、結果よりも過程にあったに違いない。

学生がヴァシリーサたちに会ったとき、彼女らは食後のあとかたづけをしている。これは、毎日の生活が今日もまた行われているということである（キリスト受難の日であっても、彼女らは絶食はしていない）。ようするにこの作品で食は、ふつうの庶民にとっては日々の生活として、宗教の教えを実践する人にとっては年中行事の精進として表れていて、どちらも人間の日常の営みを示しているのである。

キリストの受難を思いだすために食事を制限するという戒律は、食欲が欲望全般を代表するものだから出てくるわけで、一般に食は欲望のメタファーとなる。たとえばゴーゴリの『死せる魂』(一八四二)のなかで、主人公チチコフや地主たちの食事の場面は詳細であり、彼らの食欲をリアルに伝える。人間性といっしょに食欲まで忘れてしまったかのような、けちの権化プリューシキンについてさえも、何十年も前に使った爪楊枝がそのまま捨てずに置かれているという描写があり、こうした些末な事物にも、かつて食に満ちた生活があったことが暗示されているわけである。

チェーホフの世界を見ても、もちろん食の描写はたくさん出てくる。それらは、それぞれに担う意味があるはずだが、周辺の事柄を想起させることで何らかの気分を引きだすはたらきをしているようである。飽食の描写は初期の風刺的作品には出てくるが、チェーホフ全体としてはむしろ飢餓が重要であろう。その場合、食は、欲望ではなく生存のメタファーとしてはたらく。チェーホフの世界で中心的役割をはたすのは、飢餓を含む閉塞のなかで空気を求める志向なのである。

ここでもう一度風のはたらきを思いだそう。『殺人』、『黒衣の僧』のいずれにおいても、風が人間を衝動に、あるいは妄想に駆りたてていた。風のエネルギーが人間に侵入し、人間にはたらきかけて、人間のなかの衝動や欲望を起動させる。食は人が世界からエネルギーを摂取することであるが、チェーホフの世界では、衝動に駆られる者も、支配の欲望につき動かされる者も、風=空気を通して、いっそうのエネルギーを受けとるのである。

◆振動

『グーセフ』では、海の時化で船が激しく揺れる。船の揺れは風が引きおこすことから、さきにも見たように、主人公は風の神話（世界の四隅に鎖で縛りつけられていた風が解き放たれるという神話）について語る。最後に主人公は死ぬが、彼の死体は海に投げこまれ、サメに食べられる。人間の体が自然界のなかに解消されていくところで作品は終わる。自然は生命にエネルギーを補給するが、生命を飲みこみもする。生命の方は、自然からエネルギーを取りこんで生きるが、最後には自然のなかへと消えていく。作品には、グーセフよりもさきに死ぬ別の人物が出てくるが、この人物は呼吸に苦しんでいるようすがくりかえし描写される。この作品においては、水、風、呼吸のイメージが、自然の無慈悲と生命のはかなさを象徴的に浮かびあがらせている。

海上での自然の猛威は、水（波）と空気（風）の動きに表れる。自然の力とは、つきつめれば物質の動きである。呼吸もまた空気の動きであり、同時に筋肉の反復運動である。呼吸が生命の物質的振動であるならば、風は自然界の物質的振動であるといってよいだろう。

火のゆらめきもまた振動である。火は、熱のエネルギーに加え、そのゆらめきによって、自然の力だけでなく、生命的なものを表すことができる。さきにトポローフの「海コンプレクス論」を見たとき、海のもつ性質である「うねり・ゆれ」、「リズム」が重要なものとして指摘されていた。これらもひとくくりに〈振動〉という言葉に含めるなら、〈振動〉は空気だけでなく、火や水といったエレメント（元素）の基本的な存在様態であり、つねに動いている自然世界の根源的な性質なのだ。そして〈振動〉は伝わるものである。ドストエフスキーのゾシマの言葉にもあったように、〈振動〉の伝達によって、あらゆる細部がたがいにつながっていることが実感されるのである。〈振動〉は物と物をつなぎ、物と精神をつなぎ、さらには精神と精神をつなぐ力でもある。『学生』の主人公は、「出来事の鎖」の一方の端に「触れ」たとき、他方の端が「ふるえる」のを感じた。〈ふるえ〉は、〈語る〉行為が人の心に作用をおよぼした結果生じた波紋なのであった。物であれ心であれ、たがいを〈つなぐ〉もの、それが〈振動〉なのである。

『学生』は、〈語ることについて語る〉作品であるが、チェーホフには、〈語ること〉が主題となった作品がほかにも多くある。『ふさぎの虫』（一八八六）や『ワーニカ』（同）は、語ること（書くこと）がたしかに行われるが、それがいわば宙に向けてなされるという話である。『退屈な話』における暗い告白の饒舌や、『ともしび』に見られる苦い告白の饒舌は、語りつくしたい衝動のようなものを感じさせる。『箱にはいった男』、『すぐり』、『恋について』（いずれも一八九八）といった三部作の枠物語（三人の人物がそれぞれ話を披露する）からも、登場人物たちの語りたくてたまらない気持ちがよく伝わってくる。

『学生』において〈語ること〉とは、聞き手の心のなかに、その人と何かとの〈つながり〉を浮かびあがらせることによって作用をおよぼすことであった。『ロスチャイルドのバイオリン』にも同じことが表れていた。この作品で〈語り〉に対応するのはバイオリンの音、つまり弦の〈振動〉であった。学生の語りもロスチャイルドのバイオリンも、聞き手に涙を催させた。物語を語ることと音楽を奏であることは本質的に同じ行為である。〈語ること〉は、精神世界における〈振動〉の伝達なのである。

第八章　言葉を味わう――晩年の作品『僧正』を中心に

1　文体とリズム

この章では、『僧正』のテクストをおもな材料として、チェーホフの言語表現について観察したい。それを通して、これまで見てきたチェーホフの世界感覚、すなわち人間と世界が共振するものとしてとらえられる感覚をあらためて意義づけたい。

それにとりかかる前に、まずチェーホフの言語的特徴全般を大まかに見ておきたい。

チェーホフの言葉の特徴として、まず平明さと簡潔さが挙げられる。といってもすべての時期を通して同じだったわけではない。晩年にチェーホフは自分の初期作品に大幅に手を加えたが、その修正を分析したヴィノグラードヴァによると、複文や接続詞・分詞・前置詞を伴う表現を減らすなど、文や句の構造を平明にしようとする晩年のチェーホフの姿勢が見てとれる。語彙に関しても、語りの地の文では平明がめざされる。ただし登場人物の言葉は別である。そもそもチェーホフの世界は、モノと人に満ちているため、生活・労働・宗教・制度・自然等を表す多様な語彙、俗語・外来語・教会スラヴ語を含む色彩に富んだ表現が見られる。

文章のリズム性についてもよく指摘される。『曠野』のリズム構造を分析したマメードヴァによれば、チェーホフでは、テクストのアクセント構造（まとまりをもつ語句のどの位置にアクセントがくるか）が、一般の散文テクストよりも高い規則性をもつ。また、同じアクセント構造をした句が連続する頻度も高い。これによってリズムが形成される。これは、語順転倒がないこととあわせて、流れるような語りを作りだしている。さらにそれとの関連で、同格的な語句を二つないし三つ並べるという特徴も指摘される。

最後の点は、『学生』にも明瞭に観察される。「ちょうどこんな風がリューリクの時代にも、イヴァン雷帝の時代にも、ピョートルの時代にも吹いていたのだ。どの時代にもまったく同じようなひどい貧困と飢えがあり、同じような　穴だらけのわらぶき屋根、無知、憂い、同じような一面の荒涼、暗黒、重圧感があったのだ。こういったおそろしいことが、昔も　いまも存在し、これからも存在するのだ。」この引用には三つの文が含まれているが、三つとも三項連鎖構造をし、しかも二番目の文のなかでは、二つ目と三つ目の句がさらに二項ないし三項の要素（二重線）で構成されている。

第五章第5節で見たことを思いだしていただきたい。「もしも」で始まる学生の思考は三つ（A、B1、B2）重ねられていた。そしてそれぞれの文もまた、いくつかの連鎖構造を含んでいた。作品の締めくくりはどうだろう。「そして若さと健康と力の感覚――彼はまだ二十二歳だった――そして幸福への期待、知られざる神秘につつまれた幸福への言いようもなく甘い期待が、しだいに彼をとらえていき、彼にとって人生は、魅惑的で、驚異的で、高い意味に満ちたものに思われたのだった。」三項連鎖を基調とし、その中に二項連鎖（波線）も入っている。以上はいずれも、主人公が歩きながら考えた内容を伝える文章である。歩行のリズムと、徐々に高まっていく思考の動きが同期しているかのようである。

『犬をつれた奥さん』のオレアンダでの瞑想場面も同様で、二項連鎖（波線）と三項連鎖（直線）が折り重なっている。「そして下から聞こえてくる単調で低い海のざわめきは、安息について、いつかわれわれに訪れる永遠の眠りについて語っていた。ここにヤルタもオレアンダもまだなかったころ、下ではこんなふうにざわめいていたし、いまも、この先われわれがいなくなったときも、同じ無関心な低い音でざわめいているだろう。そしてこの変わりのなさ、われわれ一人ひとりの生死に対するまったくの無関心のなかに、おそらく、われわれの永遠の救いの鍵が、地上の生命のたえざる動きの鍵が、たえざる完成の鍵が隠されているのだろう。」これもまた、あたかも主人公が耳にしている波のリズムに沿うかのような文章となっている。前の章で〈振動〉のイメージを取りあげたが、チェーホフの文章自体が、ここちよい振動に満ちあふれているのである。

以上、平明さの背後に隠された文体の彫琢《ちょうたく》、そして文章の底に潜むリズムについて述べたが、以下では、もう一つ別の観点からチェーホフの言葉の特徴に光をあててみたい。そしてそれを行うにあたっては、『僧正』という晩年の作品を軸に据えたい。というのも、この作品には、チェーホフの散文の言語的特徴が、濃縮されたかたちで表れているからである。

2『僧正』――作品抜粋

まず、一九〇二年に書かれた『僧正』の冒頭部分を読んでみよう。

柳の日曜日[*1]の前夜、スタロ・ペトロフスキー修道院では徹夜祷[*2]が行われていた。柳が配られはじめたときは、もう十時近くで、ろうそくの火は弱まり、芯が黒ずみ、あたりはすべて霧につつまれたようだった。教会の薄明かりのなかで人の群れが海のように揺れていた。もう三日も調子のすぐれないピョートル猊下《げいか》[*3]には、人びとがみな――老いも若きも、男も女も――似た顔つきをしていて、柳を受けとりに来る人の目つきもみな同じように思われた。霧にかすんで扉は見えず、人の波は動きつづけ、そのため人の列には終わりがなく、際限なく続いていくかのようだった。女声合唱が歌い、一人の修道女が聖歌を朗読していた。

なんと息苦しく、なんと暑いのだろう！　徹夜祷はなんと長く続くのだろう！　ピョートル猊下は疲れていた。呼吸は重く、速く、乾いていた。肩は疲労のために痛み、足はふるえていた。二階の聴衆席で、ときおり瘋癲行者[*4]が叫び声をあげているのが不快感を催した。また、下では突如、まるで夢か幻覚のように、もう九年も会っていない母親のマリーヤ・チモフェーエヴナが群衆のなかから現れ、近寄ってきた――ピョートル猊下にはそんなふうに思われた。あるいは母親に似た老女だったのか、柳を受けとると離れていき、やさしく嬉しそうな笑みを浮かべて彼をずっと楽しげに眺め、やがて群衆のなかに消えていった気がした。するとなぜか涙が彼の顔を伝って流れた。気分はおだやかで、すべてがうまく進んでいたのだが、彼は朗読が行われている左の聖歌隊席——そこは夕闇でもう誰ひとり見わけられなかった——をじっと見つめ、泣いていた。涙が顔とあご髭に光った。近くでさらに誰かが泣きだした。そのあと少し離れたところで別の人が泣きだし、さらにまた誰かが泣き、教会はしだいに静かな泣き声で満たされていった。それからしばらくして、五分ほどたつと、修道者の合唱が始まり、泣く者はもうおらず、すべてがもとどおりになった。

やがて礼拝も終わった。主教[*5]が家路をめざして馬車に乗るとき、鐘の音が月に照らされた庭に響きわたった——重い高価な鐘の、楽しげで美しい音が。白い壁、墓に立つ白い十字架、白いシラカバ、暗い影、そして修道院の真上に遠く浮かぶ月、これらはいま、おのれの生活を生きていた——人間に理解はできないが、人間に近いところにある別の生活を。四月初めのことで、あたたかい春の日が終わって涼しくなり、少し冷えこんできた。そしてやわらかな冷気のなかには春の気配が感じられた。修道院から街中までは砂の道で、馬は並足で進まなければならなかった。馬車の両脇では、明るく穏やかな月の光に照らされて、巡礼たちが砂の上をゆっくりと歩いていた。みなが押し黙り、もの想いにふけり、あたりはすべて——木々も、空も、そして月までもが、愛想よく、若々しく、親しみ深かった。いつまでもこのままなのだ——そう思いたかった。

＊1　復活祭の一週間前の日曜日。この日、教会で「柳」（正確にはネコヤナギ）が配られる。キリストのエルサレム入城の際、人びとが棕櫚で迎えたという聖書の記述に基づき、西欧では「棕櫚の日曜日」と呼ばれるが、ロシアその他の地域では棕櫚のかわりにネコヤナギが教会で配られる。
＊2　特定の祝日に、前日の晩から朝までかけて行われる祭儀。
＊3　高位の聖職者に対する敬称。
＊4　ロシア語でユロージヴイと言い、裸足で襤褸をまとい、奇矯な振る舞いをするが、知恵や予言の力をもつと考えられた存在。佯狂者、聖愚者などとも訳される。
＊5　東方正教会で高位の聖職者の地位を表す言葉。ここでは主人公をさしている。

このあと、主人公は、礼拝を終えて自分の住まいに戻る。すると、たしかに母が訪ねてきたことがわかり、子供時代を懐かしく思いだす。翌日の日曜には母と会って話をするが、母は高位の僧となった主人公に対して過剰に丁寧でおどおどした態度をとるため、主人公は重苦しい気分になる。月の光さえも彼の平静を乱す。しかしまた火曜日には、礼拝中に合唱を聞いていると、自分の過去を思いだしながら、「きょうの歌はなんていいのだろう、なんていいのだろう」と考える。だが主人公は病に侵されており、しだいに弱っていく。木曜の晩、礼拝のあとに主人公が横になると、体の力が抜ける感じを覚える。そのとき、突然すべてをなげうって外国に行きたい気持ちになる。こんなぐあいに彼の気分はたえず変化していく。

木曜日の晩の礼拝は、彼にとって最後の仕事となる（このときの礼拝の内容は、『学生』にも出てきた「十二福音」の朗読である）。以後、彼は起きあがることがない。金曜日に母親が話しかけたときには、もう答えることもできない。そのとき彼は、想像のなかで巡礼の杖をついて野原を歩き、鳥のように自由になっている。そのときの描写をつぎに掲げよう。文中に出てくるパヴルーシャとは、主人公の幼少時の呼び名で、カーチャとは、母親が連れてきた孫娘である。

「パヴルーシャ、ねえおまえ」と彼女は話しかけた。「いとしい子……わたしの子……。どうしてこんなになってしまったの。パヴルーシャ、答えておくれ。」

カーチャは青ざめた堅い表情でそばに立っていた。おじさんに何が起こったのか、どうしておばあさんがこんなに苦しむ顔をしているのか、どうしてこんなに心を揺すぶる悲しい言葉を口にしているのか、彼女にはわからなかった。だが彼はというと、もう一言も話すことができず、何も理解していなかった。そして彼には、自分が、もはや何でもないふつうの人間になって、足早に、楽しげに、杖をつきながら野原を歩いていくさまが思い浮かんできた。上には陽光に満ちた広い空が広がっていた。そして彼は、いまや鳥のように自由であり、どこへでも行くことができたのだ!

このあと、長い一日が過ぎ、夜が過ぎ、翌朝、つまり復活祭前日の朝に、彼は息を引きとる。その翌日の復活祭は、いつもどおり盛大に、にぎやかに祝われる。それを述べる末尾の部分をつぎに掲げる。

翌日は復活祭だった。街には四十二の教会と六つの修道院があった。街の上方では、よく響く楽しげな鐘の音が、朝から晩まで休みなく響き、春の空気を揺らしていた。鳥たちが歌い、太陽が明るく輝いていた。市《いち》の立つ大きな広場はにぎやかで、ブランコが揺れ、手回しオルガンが鳴り、アコーディオンが甲高い音をたて、酔っぱらいたちの声が聞こえていた。街の中心通りでは、午後から、速歩馬の乗馬が始まった。ようするに楽しかった。すべてがうまくいっていた。去年そうであったのとまったく同じように、そしておそらくは来年もそうであるように。

一か月後、あたらしい副主教が任命され、ピョートル猊下のことを思いだす者はもう誰もいなかった。そしてそのあとはすっかり忘れ去られた。ただ年老いた故人の母親だけが――彼女はいまでは郡役所がある寂《さび》れた町で輔祭をしている娘婿の家で暮らしていたが――夕方になって牛を迎えに出かけ、放牧場でほかの女たちといっしょになったときに、自分の子どもや孫のことを話しはじめたものだった。そして自分には主教をしていた息子がいたことを語りはじめたが、信じてもらえないだろうと思っておずおずと語るのだった。

そして実際、彼女の語ることをみなが信じたわけではなかった。

3　何をどう描いているか

◆題名・人名・地名など

『僧正』は一九〇二年に発表された。四章からなり、全体の分量は『学生』の四倍ほどの作品である。作品のタイトルは、これまでの和訳を踏襲したが、その原語アルヒイェレイは「主教」と訳されるもので、カトリックの「司教」にあたる。そこで本書では、タイトル以外では「主教」を用いることにする。東方正教会の聖職者の階級は、上から総主教、大主教、主教となり、主教という言葉は、これら高位聖職者全体に対しても使われる。主教の管轄する主教区は、およそ当時の県（僻地等においては州）にあたり、二十世紀初めには、ロシア帝国内に六十一の教区が存在した。主人公の地位は正確には副主教で、主教に次ぐ地位である。

描写内容について少し補っておくと、主人公はしばしば何かをきっかけに過去のさまざまな記憶を思いおこす。一方、何曜日の何時といった語りの現在の時間経過が細かく伝えられる。作品に登場する人物は、主人公、母、八歳の孫娘（主人公の姪）カーチャのほかに、主人公の世話をするシソーイ神父がいる。カーチャは食器を食卓から落としては叱られ、感じたことを無邪気に言葉にする子供である。シソーイ神父はつとめ場所を転々と変える人物で、いつも何かに不平をいっている。自然描写に関しては、月明かりに照らされたこの世界の美しさ、春のすがすがしい空気、ミヤマガラス、ムクドリ、ヒバリの鳴き声などの描写が随所にはさまれている。

この作品は、復活祭の時期を描いており、「復活祭物語」のジャンルの作品といえる。それ以外の観点からも、この作品は『学生』と深い関連がある。とりわけ固有名詞が注意を引く。『僧正』の主人公の故郷はレソポーリエ村であるが、これは「森」（レース）と「野原」（ポーレ）が組みあわさってできた架空の地名である。一方、『学生』の主人公の名前イヴァン・ヴェリコポーリスキーの姓は、「大きな野原」(ヴェリーコエ・ポーレ)という語結合をもとにできている。『学生』を含めたチェーホフの世界での「野原」(ポーレ)の役割の大きさについては、すでに述べたとおりである。そして『僧正』が死ぬ前に想像のなかで行うことは、大空の下で巡礼の杖をもち、「野原」(ポーレ)を軽快に歩いていくことなのである。『学生』が、躍動する息づかいで未来を見ながら広大な空間を歩んでいく若者を描く作品なら、『僧正』は、死を前にした人間が静かな息づかいで広大な空間のなかに消えていくさまを伝える作品といえるだろう。

◆受動的・断片的知覚

『僧正』の冒頭を読むと、きわめて茫洋とした印象が伝わってくる。それは「霧につつまれたようだった」といった比喩表現のためだけでなく、主人公の受動的で断片的な知覚が描写の大部分を占めているためである。具体的に見てみよう。

第一段落目では、最初の文(「柳の日曜日の前夜[……]徹夜祷が行われていた」)と、締めくくりの文(「女声合唱が歌い、一人の修道女が聖歌を朗読していた」)は、情報を提示する文である。しかし、そのあいだにある文は、「ようだった」、「のような」、「思われた」という言葉を含んでいて、主人公の知覚を叙述している。

第二段落は、「なんと息苦しく、なんと暑いのだろう!」で始まる。これは、疑似直接話法と呼ばれる表現法で、ロシア語以外の言語では描出話法、体験話法、自由間接話法などと呼ばれるものである。「彼は……と言った」式の導入語句を使わずに、発言や知覚・想念の中味を、語りの地の文と連続する形で示すため、読者は登場人物の知覚をじかに体験している印象をもつ（ただし、この疑似直接話法は『僧正』だけに多く見られるわけではない。チェーホフはずっと以前の作品から、登場人物の視点に沿った提示方法としてよく用いていた）。

これらを『学生』と比較してみよう。さきに見たように、『学生』では、「……と思われた」という表現が三か所で用いられることで、主人公の気分の転換を示していた。気分を示すのはそこだけではない。最初の段落を見ると、「何かの生き物が空ビンに息を吹きこむような悲しげな音をたてていた」、「銃の音が春の空気の中に朗々と楽しげに響きわたった」のように、客観的な叙述のなかに主観的表現（「悲しげな」、「楽しげに」）が入っている。さらにそのあとには、「折悪しく」、「居心地悪く」といった言葉も出てくる。つまり『学生』の冒頭部分では、主人公の知覚が語り手の客観的な叙述のなかにすべりこんでいる（その意味で疑似直接話法に近い表現といえる）。そしてそれは、そのあとの「……と思われた」という伝達表現とあわせて、主人公の主観に沿った語りがなされている印象をあたえる。

しかしその印象はそこまでに留まる。作品全体を読んでみると、「彼は……と考えた」といった明確な思考内容の提示（間接話法）と、主人公自身が物語る言葉の生の提示（直接話法）が大部分を占めていることがわかる。つまり『学生』では、全体としては、主人公の行動と思考の客観的な伝達が優位なのである。

『僧正』にも「考えた」という言葉で導かれる文章はある。しかしそこで伝えられる内容は、思考よりも受動的な知覚ないしは記憶である。『学生』においては、体験と気分から発したものとはいえ、論理的思考の流れが伝えられていたが、『僧正』にそれはない。『僧正』という作品は、もっぱら主人公の視点からの受動的・断片的な知覚・想念・気分が、つぎつぎと書きつらねられていくという印象を強くあたえるのである。

末尾の描写をあらためて見てみよう。主人公の死後、広場や通りがにぎわうようすを描写した部分はこうであった。「ようするに楽しかった。すべてがうまくいっていた。去年そうであったのとまったく同じように、そしておそらくは来年もそうであるように。」最初の「ようするに」という言葉は、語り手が自分の判断を述べることを示すものであるが、しかしその判断の内容はというと、以前に主人公の視点に沿う形で語られた認識――世界は過去も未来も変わらないという漠然とした認識――と同じなのである。つまり、『僧正』の最後における語り手は、主人公が世界に対して行っていた受けとり方を、主人公が死んだ後にも語りつづけている。読み手は、あたかも主人公の声を聞きつづけているかのような感覚で作品を読みおえることになる。これを『学生』の最後と比較するとよい。『学生』の最後の文章には、語り手が、「彼はまだ二十二歳だった」という冷めた言葉を入れることで外の視線を示していた。

ところで、チェーホフの世界の全般的特徴として、「筋のない」作品の多さがよく指摘される。出来事は描かれるが、規模の小さい日常的な出来事であり、それがどういう動機や因果関係で展開していくかよりも、それが登場人物の心のなかに引きおこす気分が描写の中心となる。その結果、作品はしばしば、たがいに因果のつながりのない描写の断片の集積のように見える。これをスウェーデンの研究者ニルソンは、「ブロック技法」block technique と名づけている。彼はこれを「印象主義的」なものという言葉でも説明している。

もともと絵画の流派を表す印象主義的という言葉がチェーホフの文学手法に対してしばしば使われることは、第二章の光の描写のところでも述べた。チェーホフの描写の特徴は、すでに生前から、印象主義という言葉で表されることがあった。もちろん、印象主義という言葉が絵画以外で適用されるのはチェーホフに限ったことではない。

印象主義というものを文学的潮流として考える立場もある。その定義や、どの作家をそこに含めるかについては、論者によってかなりの違いがあり、またこの立場をとる人がとくに多いともいえないが、おおよそのところ、この潮流はリアリズム文学からモダニズム文学へのあいだに位置するものとして理解され、先駆者としてはフランスの作家ギュスターヴ・フローベール(一八二一―八〇)とその後継者にさかのぼり、一八九〇年代から一九二〇年代のヨーロッパの諸作家が属すると考えられているようである。そして個々の作家の違いを超えて共通する特徴としては、生成変化する世界の伝達に適合するアプローチを探り、人間の知覚とその限界に意識を研ぎ澄まし、客観的認識や、存在の個別性、主体と外界の区別といったものへの素朴な信仰を拒み、世界を一貫した明澄な視点から提示することをしない、といったことが挙げられる。こうした潮流にチェーホフが含められることも多い。

わたしとしては、こうした大きな歴史的文脈自体を十分に把握する力はないが、これから検討するチェーホフの言語的特徴が、一方でロシア語の特性に由来しながら、他方では、いま見たような歴史的文脈とも深くかかわるということは視野に置いておきたい。

◆『いいなずけ』との比較

『僧正』の語りに見られる受動性・断片性は、知覚のあり方にかかわる事柄である。では外部世界はそこでどのように現れているのだろうか。これに関しては、『僧正』のあとに書かれ、チェーホフ最後の散文作品となった『いいなずけ』(一九〇三)と比較するとわかりやすい。これもまた、リズムの面でも、受動性の面でも、晩年のチェーホフの特徴が凝縮された作品といえる。

『いいなずけ』は、ナージャという若い女性が、生家と結婚相手を捨てて故郷を出ていく話である。古い生活を捨て去り、新しい生活に希望を託す物語ということで、かつては、社会変革への希望に結びつけて評価されることも多かった。一方で『僧正』に比べて「弱い」作品と評価する者も多い。わたしも後者に賛成であるが、チェーホフ最後の散文作品であるからには、どのような意味で「弱い」と感じられるのかを示しておく必要もあるだろう。以下その点を含めて、『僧正』と比較したい。

まず結論からいうと、『いいなずけ』は、主人公に、世界を知覚する「視点」としての役割を担

チェーホフ（1899）

わせすぎた結果、描かれる世界が狭く抽象的なのである。『僧正』でも、主人公の知覚を通して描かれる世界は茫洋としているが、その一方で、主人公自身の外見や行動に関する具体的な描写も多く書きこまれている。たとえば、主人公が弱っていくようすや、やせていく姿が、他の人物の視点から具体的に言及されている。他方、『いいなずけ』では、主人公を外の視点から描く外面的描写がなく、主人公の姿がイメージしにくい。

『僧正』ではまた、主人公の行動として、教会での祭儀、自分の部屋での祈り、さらには、依頼人に対して腹を立て、紙を床に投げつけることにまで触れられ、さらに子供時代や若い時代のいろいろな行動や感情が語られる。一方『いいなずけ』の特徴は、主人公を主語とする文章から述語動詞を取りだしてみるとよくわかる。そこにあるのは、「言った」「考えた」「わかった」「感じた」「見た」「聞いた」「起きた」「横になった」「すわった」「立っていた」「歩いた」「出かけた」「外に出た」「眠った」「目覚めた」といった、抽象的な伝達動詞ないし知覚動詞か、基本動作を示す動詞ばかりで、具体性のある動作を示す動詞はきわめて少ない。目立つものとしては、第四章で「髪の毛をつかんで泣きだした」が出てくるほか、最後のところで、サーシャの死を知らせる電報を「取って」、「読んだ」、そして最後に「別れを告げ」、「街をあとにした」くらいであろう。主人公にあたえられた、知覚の視点としての徹底した役割が見てとれる。

外的世界に関していうと、どちらの作品でも舞台は架空の場所と考えられるが、『僧正』では、主人公がつとめる修道院も、街のようすも具体的に描写される。一方、『いいなずけ』の描く世界は、主人公の家（および予定されていた新居、そしてサーシャという人物の家）のなかと、そこにいる人たちの言葉や行動でほとんどが占められている。屋外のようすを伝えるものとして、風が引きおこす暖炉の音や、外回りの警備の人が鳴らす打木の音がライトモチーフのように出てくるが、それらは屋内で聞きとられる。通りや庭園も名指されるだけで具体的描写がない。月の光や鳥の鳴き声といったチェーホフ独特の抒情的な自然描写ももちろんあるが、他の作品に比べると型にはまっている。このように『いいなずけ』は、描かれる空間の抽象度がきわめて高く、色彩は単調である。

また、『僧正』では、何曜日の何時であるかが何度も記され、外の世界の出来事（電燈の普及、曖昧に理解された日清戦争）についても述べられ、時間の経過と時代が伝わってくる。『いいなずけ』では、時間への言及もなく、歴史的世界にも触れられず、時間的に見ても抽象的な世界である。

こうした『いいなずけ』の描写の抽象性は、主人公に感情移入しやすい環境を作りだしているようにも見えるが、主人公の意識が対象とする世界の方は、きわめて狭く、単色なのである。たしかに若い人は、年配の人よりも背負っている過去が少ない。しかし、『学生』では若い人物を描きながら、外的世界が具体的に描きこまれていた。出来事よりも気分を描くことに重きをおくといわれるチェーホフだが、より正確には気分とそれが生じる具体的な外的環境とが一体となって示されるのがチェーホフの世界の本来の特徴というべきである。その意味で、『いいなずけ』に見られる抽象的で単色の世界はチェーホフのなかでは例外的で、知覚の視点という機能に集中するあまり、世界の多様性を犠牲にした結果なのだろう。

ところで『僧正』の主人公が若い時を回想するとき、つぎのような描写がある。「当時、人生はとてもかろやかで、ここちよく、長い、長いものに思われ、終わりがないように思われた。」じつは『いいなずけ』の最後の方に、これに似た文章が出てくる。「『さようなら、いとしいサーシャ！』と彼女は考えた。そして彼女の前には、新しい、大きなひろびろとした生活が描かれ、まだ不明で神秘に満ちたその生活が、彼女を魅了し、呼び招いていた。」このあと、ナージャは荷物をまとめて、家の者たちに別れを告げ、陽気な気分で街をあとにする、ということで作品はしめくくられる。

この「新しい、大きなひろびろとした生活」、「神秘に満ちたその生活」という表現は、「知られざる神秘につつまれた幸福への言いようもなく甘い期待」という『学生』の最後の幸福感の表現に通じる。『僧正』の言葉を借りていうなら、『いいなずけ』でチェーホフは、『学生』に描いたのと同じような、「終わりがないように思われ」る若さの感覚を描きたかったといえるだろう。このときおそらく自身の死を意識していたチェーホフは、『僧正』という作品で、人が世界に溶けこむようにして息を引きとるさまを書いたあと、もう一度若さのテーマに戻り、真っ白な画布のような意識を受容体として設定し、閉塞を脱して未来という空気を胸に吸いこむ感覚の描写に、力を集中してみたかったということだろうか。

4　言語的特徴をとらえる

◆動作主性・不定性・仮象性

さきにも述べたように、『僧正』は、受動的・断片的知覚を書きつらね、茫洋とした印象を生みだしている。描写対象としては、薄明かり、人の波といったものがそれに対応しているわけだが、言語表現としてはどうなのだろう。

まず「思われた／気がした」といった主観的知覚を表す表現が多い（これは『学生』でも見たように、チェーホフにおいては、気分の転換を示すところでよく使われる）。また「（まるで）……のように」といった比喩表現も多い（「霧につつまれたよう」「海のように」「まるで夢か幻覚のように」など）。さらに、「誰か」という言葉が二度出てくるし、「なぜか」という表現もある（「なぜか」はここでは一度だけだが、他の箇所で何度か出てくる。さらに、『いいなずけ』では、もっと多く使われる）。それ以外に、「感じられた」といった受動表現もある。

こうした表現がチェーホフに多いことはこれまでも指摘されてきたことで、しばしば〈視点〉の問題として説明される。つまり、語られる内容が、登場人物の主観的知覚であることを示す目的に仕えるというわけである。十九世紀末・二十世紀以後のヨーロッパの一部の作家たちが意識的に使うような、世界の一角を占める視点としての登場人物の意識を前面に出す手段ということになる。

本書では、これを違う角度から考えてみたい。その際、簡潔な記述を目的として、やや抽象的な用語を使うことになるが、容赦いただきたい。まずは『僧正』の言語的特徴として三点に注目したい。

①動作主性の弱さ　「息苦しく」「暑い」「気分はおだやか」といった心理状態を表現する文や、「見えず」「ように思われた」「かのようだった」「見わけられなかった」などと訳した文は、「無人称文」といわれる主語のない構文で、ロシア語ではよく使われるものである。これ以外にも、「感じた」のかわりに「感じられた」といった受動文や、人間が事態の受け手として表れる文(「彼が」ではなく「彼には」「彼にとっては」等が出てくる文)も多く使われる。どの場合も動作の主体を明示しない、または間接化して示している。こうした表現の特徴をまとめて、〈動作主性の弱さ〉と呼ぶことにする。

②不定性　「誰か」「何か」「なんらかの」「なぜか」「いつか」「どこか」といった不定代名詞・不定副詞がよく出てくる。これを〈不定性〉の表現と呼ぶことにする。

③仮象性　「……と思われた／気がした」や「(まるで)……のように」も頻繁に使われる。後者

は比喩表現であるが、現象を近似的に示すために使われることも多く、その場合、「と思われた」という表現と近くなる。これを〈仮象性〉の表現と呼ぶことにする。これは、知覚者にとって事態が明確にとらえられないことを示すので、〈不定性〉と深いつながりがある。同時に、多くの場合、〈動作主性の弱さ〉を伴って現れる。

このうち②不定性と③仮象性の表現については、ごく大雑把ではあるが、チェーホフと、少し前の世代の数人の作家（トゥルゲーネフ、トルストイ、ヴラジミール・コロレンコ〔一八五三ー一九二二〕、フセーヴォロド・ガルシン〔一八五五ー八八〕）からいくつかの作品を取りだして比べてみたところ、チェーホフには多めに現れることが見てとれた。そして、チェーホフのなかでも晩年の二つの小説『僧正』と『いいなずけ』にとりわけ多い。また②不定性の表現については、一八八八年の『曠野』にも多い。この『曠野』で打ちだされた〈広大な空間〉の知覚の描写の特徴——不定性の表現と開放・閉塞の気分の変化の描写——は、その後の作品において、周囲の世界全般の知覚の描写へと敷衍されていったということができる。

ところで、いま挙げた三つの特徴は、じつはロシア語にもともとよく観察される特徴である。これと同様の事柄を表すための方法はどの言語にも何らかの形で存在するだろうが、ロシア語ではこれらの特徴を表す手段が多様で、自然なものとして頻繁に使われる。

ロシア語のこの特質を主題的にとりあげた研究者の一人に、アルチューノヴァという言語学者がいる。彼女は言語の論理学的基盤と文化的個性という観点から、ロシア語の無人称性と不定性を考察している。それによると、そもそもロシア語は、人間の世界を人間中心原理によってではなく、空間・事物中心原理によって表現することを好む。たとえば「わたしは……をもっている」という「所有」を表すために、「わたしには……がある」という「存在」の構文を使う。つまり、主語・述語構造をもつ構文（ある主体が何かを行う）よりも、存在を表す構文（ある空間に何かがある）が好まれるということである。後者は前者の質に影響をおよぼして変質させているともいう。「have 言語」と「be 言語」という分類（イサチェンコが提唱した）があるが、それでいえばロシア語は後者にあたる（英・独・仏語は前者に入る。日本語は後者に属することになる――「わたしは兄弟をもっている」とはいわず、「わたしには兄弟がいる」という）。

このように、人間中心の原理よりも空間・事物中心の原理が優勢であるということが、ロシア語のさまざまな面に影響をおよぼしているとアルチューノヴァはいう（ちなみに、ロシア語と系統的に近い他のスラヴ諸語では、この特徴はロシア語ほど顕著ではなく、この点でロシア語には、隣接するフィン・ウゴル系言語の影響があるという推定がある）。なお、いま述べた特徴のなかでは、文法的特徴といえる部分だけでなく、実際の言語使用においてどういう表現形式を選択するかという部分も大きい。

そうしたロシア語の性質にかかわる特徴的な構文の一つが無人称文である。無人称文とは、他のヨーロッパ言語の非人称構文（英語なら it で導かれる構文）に相当するもので、天候や心理状態、その他さまざまな事柄が表せる。そして英・独・仏語等には形の上で存在する主語もロシア語の無人称文には存在せず、無人称文の使用範囲はいっそう広い。主語のある人称文が人間中心的なら、主語のない無人称文はエネルギー中心的だとアルチューノヴァはいう（エネルギーとは、動作の動因となる力の原泉を意味する）。別のいいかたをするなら、動作が主体よりも状況（場）の作用として把握される傾向が強いと表現できるだろう。無人称文でなくても、主体を文の副次的な位置に追いやったり、文から排除したりする傾向がロシア語では強い。こうした無人称性（およびそこからくる自然発生性、制御不能性、不随意性）を内包する表現形式が、ロシア語の言語使用の場において大きな役割を果たす（以上のロシア語の特徴の説明は、明示されてはいないが、英・独・仏語との比較が念頭にあるものと思われる）。

アルチューノヴァは、この無人称性を不定性と関連づけてとらえる。「何か」、「誰か」、「どこか」、「いつか」などの不定代名詞・副詞（ロシア語ではいずれも助詞 -то がつく）は、ロシア語の日常の言語使用においては、使用頻度がたいへん高いが、この不定性が無人称性と通じあう事柄であることは、つぎのことからわかるだろう。動作の主体よりも場の力（不明のエネルギー）に焦点をあわせれば、知覚の対象が不定のもの（明瞭に特定されないもの）として表示される可能性が高くなる。したがって、無人称性と不定性は、相互依存的・相互促進的にはたらく。

さて、こうした特徴は文学にも当然現れることになる。アルチューノヴァは、これらの特徴がドストエフスキーに顕著に現れていると考えている。実際、ドストエフスキーが人間の行動や事物を描写するとき、自然発生性、不定性を表す語彙や構文を頻繁に用いる。ドストエフスキーの言語的特徴として、「突然」という言葉がきわめて頻繁に用いられることが知られているが、その「突然性」も、この無人称性・自然発生性（動作主性の弱さ）と適合する現象である。アルチューノヴァは、ロシア的メンタリティーの一定部分を反映するようなロシア語の特徴が、ドストエフスキーの文体を生みだしていると述べている。

以上のアルチューノヴァの指摘を具体的に理解するために、以下にドストエフスキーの『罪と罰』（一八六六）から、主人公が殺人を行う場面の描写を取りだしてみよう。

> 彼は斧をすっかり取りだすと、両手で振りあげ、どうにか意識を保った状態で、ほとんど力を入れることなく、ほとんど機械的に、斧の峰を頭に振りおろした。そこには彼の力はなかったかのようだった。（ドストエフスキー『罪と罰』第一部第七章）

ここで仮象性の「かのようだった」に加えて、近似性を表す「ほとんど」が二回使われる（この言葉もドストエフスキーはよく使う）が、これは不定性、仮象性と通じあった表現である。

つぎに主人公がシベリアでソーニャへの愛を感じて、彼女の前に身を投げだしたときの描写を見よう。

突然、何かが彼をとらえたかのようであり、彼を彼女の足元になげださせたかのようだった。
（ドストエフスキー『罪と罰』エピローグ第二章）

この決して長くない文のなかには、突然性（「突然」）、不定性（「何か」）、仮象性（「……かのよう」）、動作主性の欠如（「何かが彼をとらえた」、「なげださせた」）という特徴がすべて入っている。このように、ドストエフスキーにおいては、行為の描写において動作主性の弱さ・不定性・仮象性のいずれもが強調される。

そこでつぎに、チェーホフが殺人を描いた文章を見てみよう。まずは、『殺人』の主人公が弟への怒りの発作に駆られる場面である。

「だから言ってるじゃないか、油を食べちゃだめだって！」とヤーコフはさらに大きな声で叫び、真っ赤になり、突然コップをつかんで、頭の上にもちあげたかと思うと、力まかせに地面にたたきつけた。そのため破片が飛び散った。（『殺人』）

行為の描写において、「突然」という言葉が一度使われているものの、それ以外には、いま問題になっている特徴を示す表現はない。このあとヤーコフが弟マトヴェイの腕をつかみ、マトヴェイはそれを振り払おうとする。そのとき彼らの姉妹のアグラーヤが動きに出る。

アグラーヤには、マトヴェイがヤーコフを殴ろうとしているように思えたので、叫び声をあげ、精進用植物油のビンをとり、力まかせに憎らしい弟のこめかみにじかに打ちつけた。(『殺人』)

仮象性の表現が一度出てくるが、これは殺人を行う人間ではなく、それを見ている人間の知覚の描写である。これよりも前のヤーコフの描写を見てみよう。それは、以前に風のイメージを述べるなかで引用した部分である。

彼は帽子もかぶらずに中庭を通りすぎ、道に出ると、こぶしを握りしめて歩いた。このとき雪が舞いはじめ、あごひげが風に揺れた。彼はずっと頭を振り回していた。というのも、何かに頭と肩を押さえつけられていたからだ、まるで悪鬼たちが乗っているかのように。そして彼には思われた――これは自分が歩いているのではない、何か巨大な恐ろしい獣が歩いているのだ、そして自分が叫び声をあげると、咆哮のごとく野原と森に響きわたり、あらゆる人をおののかせるのだと。(『殺人』)

主人公は、妹が弟に手を上げたときにも弟に憎悪をもちつづけ、妹の行為に満足を感じている。そして殺人が行われたことを理解したときにやっと憎悪は去り、こんどは殺人を隠すことに腐心することになる。この引用では、「かのように」、「何か」、「思われた」、「のごとく」という仮象性や不定性の表現が目立つ。そして、そうした表現をとおして、主人公が「自分が歩いているのではない」と感じるようす、つまり彼の意識における動作の主体性の希薄さが伝えられているわけである。そしてもう一つ、このとき、「雪が舞いはじめ、あごひげが風に揺れた」ことに注目する必要がある。主人公は、自分で自分をコントロールできず、風の力にあやつられているかのように描写されているのである。不定性と仮象性の表現が、自然の力に動かされる人間の内面の描写に適合している例といえる。

しかしこれらの特徴は、殺人といった重大な行為そのものの描写のなかに出てくるわけではないことに注意を払う必要がある。いま挙げた例だけでは十分に示すことができないが、およそいえることは、チェーホフにおいては、筋の展開の節目をなすような行為の描写においてではなく、知覚と心理の描写において、動作主性の欠如・仮象性・不定性、広くいえば受動的感覚がよく現れている。ドストエフスキーの場合、主人公の行為の描写がこの特徴で枠づけられることによって、物語の緊張感を高め、筋を先へ先へと引っ張っていく力になっているが、チェーホフの世界においては、これらの言語的特徴は、行為や筋よりも知覚の描写にかかわっている。

もちろん、二人の作家はこれ以外のさまざまな点で異なっている。また、それぞれの作家にはそれぞれの言語的・文学的環境がある。「ここでは悪魔が神と闘っている、そしてその戦いの場は人びとの心だ」(『カラマーゾフの兄弟』)という言葉に表れているように、コントロールできない力のせめぎあう場として人間の内面をとらえるドストエフスキーは、その人間観に適合する表現形式を、ロシアやヨーロッパの同時代や過去の文学のなかに模索していたはずである。自然発生性・不定性・仮象性にかかわる言語表現に限っていえば、たとえば「不気味さ」をかもしだすようなグロテスクの手法、あるいは超自然的存在ないし疑似科学的な力の作用を措定する表現のなかに、ある程度先例が見いだされるだろう。

チェーホフには、また別の言語的・文学的環境があっただろう。こちらの場合は、むしろ、高みから見おろす全知の視点にかわって、世界のなかにいる具体的な人間の視点を前面に打ちだし、知覚というものの主観的本質に注目する同時代の流れとの関連を考えることができるだろう。

他方で、文学の営みは、他の分野の諸活動に比べて、母語による日常的言語活動に依存する度合いが格段に大きい。文学における個々の言語表現がどこまで母語の性質を反映しているかという問題は、簡単にとらえられるものではないが、作家の母語に関する一般的な特徴を念頭に置いておくことは無益ではないはずだ。この章で述べていることも、ロシア語でチェーホフに接することのできない人たちにとっては、多少とも参考になるものと思う。

わたしとしては、言語表現における動作主性の弱さ・不定性・仮象性にかかわる表現の多さは、主体を外界に共振するものとしてとらえる程度の強さ（つまり、主体の知覚や行動を、場のエネルギーに反応するものとして受けとる程度の強さ）とある程度相関的なものとしてとらえられるのではないかと考えている。

十九世紀末から二十世紀の世界の文学において、認識の客観性や認識主体の不動性という前提から脱却することが一つの大きな動きであったわけだが、その震源である西欧語の文学と比べて、ロシア語の文学においては、いま見たようなロシア語の土台の上にあって、その動きのありようが異なっていた可能性は考えられる。

たとえば、『僧正』のようなタイプのロシア語の文章を他の言語に訳す場合、不定性と仮象性は、対応する訳語をあてることによって、ある程度処理できる（冗長になる可能性はある）。しかし動作主性の弱さは構文的な問題なので反映しきれない。ロシア語と英・独・仏語は、系統的にインド・ヨーロッパ語ではあるが、動作主性の弱さというロシア語テクストの特徴は、西欧言語に訳すとかなり薄れてしまう。そのことは、『僧正』の英・独・仏語訳を見てもわかる。冒頭の二つの段落について、主人公を指示する単語（「ピョートル猊下」、「彼」、「彼の」および「彼」をさす関係代名詞）を試しに取りだしてみたところ、主体が表示される頻度は、英訳二種と仏訳一種では、ロシア語原文（十一回）のおよそ二倍で、そのうち主語（主格）として出てくる回数（そのなかには、所有代名詞「彼の」が主語を修飾する場合も含めた）は、ロシア語原文（四回）の約三倍であった。独訳二種では、どちらも約一・五倍だった。

もちろん、このような比較は機械的で便宜的なものであるが、一般的に考えれば、誰かの知覚を描写するテクストのなかでは、知覚主体への指示が少ない方が、その人物の視点と語り手の視点の境界（したがってまた、読者の視点との境界）を曖昧にさせる余地が多くなるだろう。また、知覚主体が主語（主格）として表示されない方が、知覚の受動性の印象が強くなるのは間違いないだろう。世界への一視点としての主人公の知覚の提示の仕方は、使用言語に左右される面も小さくないと想像される。

もっとも、以上は西欧語との比較で考えたことである。日本語ならば、いっそう主体に言及しない傾向があり、能動性をもった主体として提示することはさらに少ない。たとえば、さきに掲げた私訳を含めた和訳三種を見ると、「(彼)は」が二〜三回、その他(「(彼)には」「(彼)の」「(彼)を」「(彼)から」)が三〜四回、合計五〜七回で、ロシア語原文よりも少なかった。

日本語をめぐる最近の言語学の成果は、この観点からたいへん興味深い。池上嘉彦『日本語と日本語論』によれば、日本語においては、「モノ」的な把握よりも「コト」的な把握、あるいは「トコロ」的な把握をする傾向が強く、人間を「動作主」よりも「感受者」としてとらえる傾向が強いということである。こうした点において、ロシア語と日本語は、かなり通じる部分があるといえそうである。

◆全称性

最後に、『憎正』の言語的特徴に関して、さきに挙げたロシア語に際立つ三つの特徴(動作主性の弱さ、不定性、仮象性)に加えて、全称性というものを取りあげたい。

「すべての……は……である」という形の判断を全称判断という。「すべての……は……でない」ならば全称否定である。論理的に厳密な全称判断とは別に、日常的には、曖昧な認識が状況全体におよんでいる場合に〈全称的〉な把握がしばしばなされる。その場合、〈全称性〉は、不定性の表現の延長にあるということができる。動作主性が低下し、かわりに、場の力が増大するとき、場の状況を不定な「何か」ととらえる姿勢がさらに進むため、それを「すべて」ととらえるのは自然である。したがってそれは、動作主性の弱さや、仮象性とも深くかかわることになる。

判断力が劣ったときはもちろんだが、そうでなくても全称的把握というのは手軽に飛びつける対象となる。そして全称判断、つまり物事の一般化というものは、人を幸福にすることも、絶望させることもできる。『学生』の主人公の思考を思いだそう。彼が「出来事の鎖」に触れたと感じ、そこから「美と真実」が「人間の生活とこの地上全体において、つねに重要なものであった」という認識にいたったそのとき、彼は自分のただ一つの経験から全称判断を行い、幸福感に達したのであった（ただし「おそらく」をつけることで推量判断としているが）。『決闘』の主人公が考える「ほんとうの真実は誰も知らない」という言葉も思いだされる。

『僧正』ではどうか。以下に『僧正』における全称的把握の一部を取りだしてみる。

みなが押し黙り、もの想いにふけり、あたりはすべて――木々も、空も、そして月までもが、愛想よく、若々しく、親しみ深かった。いつまでもこのままなのだ――そう思いたかった。（『僧正』冒頭から三段落目）

ようするに楽しかった、すべてがうまくいっていた。去年そうであったのとまったく同じように、そしておそらくは来年もそうであるように。(『僧正』最後から三つ目の段落)

右の二つ目の引用は、主人公が死んだあとの語りであるが、語り手は一つ目の引用と同じ認識(つまり主人公と同じ認識)をくりかえしているといえる。さらにこれらは、冒頭第一段落目のつぎの描写にも対応している。

霧にかすんで扉は見えず、人の波は動きつづけ、そのため人の列には終わりがなく、際限なく続いていくかのようだった。(『僧正』冒頭第一段落)

「人の波」というとき、人間は個別にとらえられていない。そしてその波が無限に続いているというのである。前者は空間的にみた全称的把握、後者は時間的にみた全称的把握ということになる。そこには、もはや「真実」、「意志」、「目的」、「尊厳」といった、抽象概念について思考してはいない。この作品は、こうした身体感覚に基づく時間的・空間的な全称的把握によって始まり、それによって終わるといっても過言ではない。

作品の第四章では、主人公の社会的な位置づけについてこう述べられる。

彼の父は輔祭、祖父は司祭、曽祖父は輔祭で、彼の一族はみな、おそらくルーシのキリスト教受容以来、僧職階層に属していた[……]。(『僧正』)

また最後のところではこう述べられる。

一か月後、あたらしい副主教が任命され、ピョートル猊下のことを思いだす者はもう誰もいなかった。(『僧正』)

ここにもまた、ある種の波としての人間の把握があるといってよいだろう。波がくりかえされるように、過去から未来へと続いていく類としての人間、その連なりの一つの環としての個々の人間、という把握である。『学生』の主人公が感じた「出来事の鎖」の感覚には、死の意識というものはまったくなかったが、『僧正』は、同様の「連鎖」の感覚を、死を前にした地点でとらえたといえるだろう。

ただし、そのように述べる限りでは、人間世界内の認識に留まっている。そこに人間世界を超えたものは視野に入っていないように思われる。『学生』における「出来事の鎖」も、自然界全体のことをいっていると読めなくはないが、ふつうに読めば、まずは人間界の事柄としてとらえられる(彼が最初に陥ったペシミズムも人類にかかわる問題だった)。しかし『僧正』には、あきらかに人間世界を超えた大きなものが永続する感覚が示されている。「あたりはすべて――木々も、空も、そして月までもが、愛想よく、若々しく、親しみ深かった。いつまでもこのままなのだ――そう思いたかった。」

こうした自然の姿は、第五章で見た『箱にはいった男』の最後や、『谷間』の月と星の描写、『犬をつれた奥さん』のオレアンダでの瞑想の場面で見た自然の姿と同じである。そこでは、大自然を前にして、自然の大きさと人間の小ささを感じたときのある種の発見が、語り手と主人公の声が一体となった瞑想的「逸脱」によって述べられていた。そこでは、思考の論理的な提示ではなく、気分の転換と〈ひらめき〉の提示がなされていた。そしてその中味は、「すべて」という言葉が仮になくとも、世界全体についての全称把握的な〈ひらめき〉なのである。

そして『僧正』で、人びとが永遠に続く波としてとらえられていること、また彼の死後の人間世界が、彼を含む個々の人間の生とまったく無関係であるという認識が述べられることも、『犬をつれた奥さん』の瞑想に通じる。『犬をつれた奥さん』では、海の波音に、人間に対する世界の無関心を感じとり、その無関心にこそ人間の救いがあるのかもしれないという考えが述べられていた。一方、『僧正』の主教がこの世界を去っていくときに感じたものはどうだろうか。想像のなかで巡礼の杖だけを手に、自由に世界を歩き、やがて鳥のように浮遊し、身体が世界＝空気に溶けこむかのように消えていくこと、――そのなかには、「救い」といえるかどうかはわからないが、すくなくとも、微小な人間が無限の世界のなかで得ることのできる自由への思いが読みとれるように思われる。それは、チェーホフが一八八八年の手紙のなかでロシア人の自殺の原因として述べていたもの——「空間が広すぎて、小さな人間には居場所を定める力がない」という状況と対極にある境地である。

おわりに――ふたたび空気について

チェーホフの散文芸術の世界を、空間、気分、イメージ、言語表現などの観点から見てきてわかったこと――それは、チェーホフの世界では、感情と思考は物質的基盤とのつながりを失わず、内面は外的世界と共振するということであった。そのことは『学生』のなかにも、その他の作品にも観察することができた。また、そうした人間と世界の関係のなかで、人がどのように閉塞を感じ、それを脱して幸福感を得るのか、あるいはどのような〈ひらめき〉を得るのか、それをどのように語るのかを見てきた。そして、それらのことをチェーホフが言語化するとき、動作主性の弱さ・不定性・仮象性・全称性を含む表現を多用し、濃縮させていくことを見てきた。こちらは『僧正』にその到達点を観察することができた（言語的特徴に関しては、散文に限定しての話である。戯曲の言語についてては別の観察が必要となる）。

また、精神の高揚であれ、〈ひらめき〉であれ、そのときの内面の描写には、かならず周囲の自然の描写が伴っていた。とりわけ夕日や星や月の光に照らされた大自然、あるいは波音に満たされた広大な世界の描写があった。そこでつぎに、これについて整理しておきたい。

天体の光や海の波音に満たされた世界は、見る者・聞く者に、無窮の世界における人間の位置についての思索を引きだし、それが何らかの気分をもたらした。『学生』、『黒衣の僧』、『中二階のある家』、『三年』では夕日が人の心を高揚させ、『谷間』、『僧正』では星や月の光が人の心を穏やかにしていた。『箱にはいった男』の文章を思いだそう。「そして星々もまた、この通りを、やさしくうっとりとしたまなざしで見ているようで、地上にもう悪は存在せず、すべてがうまくいっているような気がする。左手の村のはずれからは野原が広がっている。野原は遠く地平線まで見わたされ、月光を浴びたこの野原の広がりのどこにも、動きもなければ音もないのだった。」

他方、『気まぐれ女』では月夜のヴォルガ川の光景が男女を刹那の愛に導き、『イオーヌイチ』では月に照らされた墓地が性的な欲望と死の想念を呼びおこす。死との結びつきに関しては取りあげる機会が少なかったので、一つだけ補っておきたい。『黒衣の僧』の最後に、ヤルタの海の美しさに関するつぎのような描写がある。「それは、やさしく、やわらかい、青と緑の色の組み合わせだった。水が青みをおびた緑礬《ばん》のような色をしているところもあれば、月の光が濃くなって、水のかわりに入江を満たしているように見えるところもあり、全体として、なんとすばらしい色の調和であろう、なんと平穏で静かで崇高な気分なのだろう！」このあと主人公が別れた妻からの呪いの手紙を読んだとき、風が吹いて、竜巻が起こり、それが黒衣の僧に姿を変え、主人公はそれを前にして死んでいく。月光に照らされた水面の美しさと風は、死を暗示する自然の現象として現れている。

風を含む〈空気のイメージ群〉のさまざまな形態は第七章で見た。そこでは主体と外界の関係のダイナミックな把握があることを観察した。風や雪は、あるときは憎悪(『殺人』)や誇大妄想(『黒衣の僧』)を引きおこし、あるときはスリルと隣りあわせの爽快感(『たわむれ』)をもたらしてくれる。またあるときは静かに心に染みこんでくる。『発作』の文章を思いだそう。「足元では雪がさくさくとやわらかな音をたて、土、屋根、木々、並木道のベンチなど、すべてのものがやわらかく、白く、若々しい。そのため建物は昨日と違った姿に見え、街灯は昨日よりも明るく輝き、空気はもっと澄み、馬車の音も静かだった。そしてこのすがすがしい、かろやかな冷たい空気といっしょに、白く若々しい、ふんわりとした雪に似た感覚が、彼の心のなかに入りたがっていた。」

この風や雪と、天体の光や波は、どのような関係にあるのだろうか。それらはいずれも、知覚者を取り巻く空間を通して感覚に作用するエネルギーをもつといってよいだろう。そしてその空間を満たす物質は空気であり、人は空気を通してそれらのエネルギーを感じとる。ようするにチェーホフの世界では、天体の光も波の音も、風や雪を含む他のもろもろの自然現象と同じく〈空気的なもの〉として存在するのである。それらを介して自然のエネルギーが人間の内面に作用し、〈気分〉を導く。『僧正』は、その全篇が〈空気的なもの〉を介して自然のエネルギーにつらぬかれる内面、そしてやがて自然のなかへと融解していく内面の描写だったといえるだろう。

たき火やろうそくのゆらめく光も、人間の周囲の小さな世界を〈空気的〉に伝達するものであった。そして動作主性の弱さ・不定性・仮象性・全称性といった言語的特徴こそは、それら〈空気的なもの〉の伝達にとりわけ適合した表現手段なのである。

ただし、これらの言語的特徴自体は、さきにドストエフスキーの例で見たように、人間の不随意的・突発的行動（内面に秘められた感情や意図などの外面化）を表現する手段となることもある。その場合、それを支えているのは、自然世界を広く対象とする〈空気的感性〉ではなく、人間的事象に絞って研ぎ澄まされた感性である。

*

チェーホフ以後のロシアの作家たちは、さまざまな言語的実験を行った。シンボリズムやアヴァンギャルドの運動に見られるように、世界の深遠な力につらぬかれる人間、あるいは人間の内奥に潜むエネルギーの横溢や爆発といったものを表現できるような非日常的表現を模索することが、十九世紀末から二十世紀初頭の文学・芸術の流れの重要な部分を占めていた。一方チェーホフは、散文でも戯曲でも革新者であったといわれるが、彼の用いる言語自体は、どんなに磨きあげたものであっても、日常の言語と連続的なものとして感じられる。あつかう人物や出来事が〈ふつう〉の枠をこえないのと同じように。

チェーホフの散文にリアリズムをこえる要素を見る場合、「筋のなさ」や「語りの視点」に加えて、言葉の音楽性も注目される。翻訳では伝えられない問題だが、第八章の冒頭で述べたリズムの問題への補足の意味もこめて、ひとこと触れておく。これについてはヴォルフ・シュミットの「チェーホフの散文における音の反復」(『詩としての散文』)が参考になる。シュミットはモダニズムの「装飾的散文」に見られるのと同様の音声的特徴、すなわち同一または類似の音の反復・氾濫をチェーホフのなかから取りだして分析している。そしてチェーホフでは、作品のテーマ的統一性が、ときに出来事によってではなく、音声的構成に支えられている印象をあたえること、そしてそれがモダニスト(ベールイ)や未来派詩人(マヤコフスキー)によってチェーホフが高く評価される要因になっているという。同時にチェーホフの散文は、「装飾的散文」とは違って、音の構成を出来事の叙述に従属させており、そのため、リアリズムの視点からも「真の」芸術家として評価される。以上はシュミットが指摘していることである。

ところでアンドレイ・ベールイ(一八八〇-一九三四)は、シンボリスト詩人として出発し、「装飾的」と形容される斬新な散文を生みだした人だが、彼がシンボリストの立場から行った評論のなかに、チェーホフを対象にしたものがいくつかある。音声的問題はそこではとくに取りあげておらず、また、主として戯曲を念頭に論じているが、その趣旨は、チェーホフはリアリストでありながらシンボリストなのだというものである。一九〇七年の評論にはこうある。「チェーホフはリアリズムを汲みつくした。われわれシンボリストは彼の前にひざまずき、汲みつくされる以前に戻ることを欲しない、なぜならチェーホフの創作の先見性を認めるからだ。」一九〇四年の評論ではメーテルリンクとチェーホフを比較している。そして前者は彼岸的なものを神秘的シンボルとしてあからさまに示すが、チェーホフは彼岸的なのものを現実世界の卑俗な事象を通して自然に示すと述べ、そこに「真のシンボリズムが真のリアリズムと一致する」さまを見ている。そしてその論拠の一つとして、チェーホフの散文作品から「永遠」について述べた箇所を引いている。それはさきに第三章で引用した『三年』の一節である。そこには登場人物がある風景画を見たときの印象が述べられていた。「そして彼女はなぜか突然、赤く染まった空に広がる雲も、森も、野原も、ずっと以前に何度も見たような気がしてきた。そして自分が孤独に感じられ、この小道を先へ先へと歩いていきたくなった。そして夕焼けのあるところには、何かこの世ならぬ、永遠なるものの反映が憩っていた。」

現実世界の彼方に「永遠」を見ようとするところに、ベールイはシンボリズム的感性を読みとっているわけだが、第四章で見たように、これと同様の「永遠」は、『黒衣の僧』のコヴリンも感じとるのである。コヴリンは、神経を病んで誇大妄想を抱くが、病が癒えるとともにおのれの凡庸に向きあわざるをえない人物であった。この種の「永遠」の描写は、作家自身が求めた「彼岸的なもの」との接触感の描写なのではなく、あくまで現実世界の人間が抱く想念を「公正に」、「客観的に」写したものなのである。

とはいえ、ベールイのチェーホフ論はある重要な点に触れている。すなわち、卑俗なものを含む現実世界の事象(外的世界)と知覚主体の感覚や想念(内的世界)が一体となって示されている点である。ベールイ自身の文学は理論と実践の両面で発展していき、散文作品では、主体と対象の壁を取り払い、両者が溶けあうような新しい表現を生みだした。「そして彼は考えた。いや、彼が考えたのではない。考えがおのずと考えられ、拡大し、光景をくりひろげたのだ」（長篇小説『ペテルブルグ』初版一九一三―一四）。ベールイのキーワードの一つは「爆発」であるが、内面の爆発がそのまま外界の爆発であるような世界を彼は表現したといえる（この限りでは、さきに述べたドストエフスキー的世界感覚に通じる）。

チェーホフは、人間の不可視の内奥や原初的な力といったものを打ちだす作家ではなかった。そのかわりに彼は、空気的感性というべきものによって日常的言語のなかの空気的側面（動作主性の弱さ・不定性・仮象性・全称性）を煮詰め、それによって内面と外界の壁を限りなく薄くしていったといえるだろう。

チェーホフにおいては、人びとの思考や行動は、「広すぎる」空間のなかで「居場所を定める力がない」という状況から発していた。そこから発して、ひたすら安住を求める者もいれば、広大な自然を支配しようと試みて挫折する者もいた。広大な自然に向きあう人間の小ささに救いを見ようとする者もいた。しかしどの場合も、〈空気的なもの〉を通して自然のエネルギーを受けとり、その結果、何らかの〈気分〉にいたる。人間と世界、内面と外界、あるいは精神と物質の関係は、チェーホフ自身のなかでは、分裂でも対立でもなく共振なのである。〈生命＝魂〉は〈空気〉を通して〈大気＝世界〉とエネルギーを交えるのだ。

もちろん空気的感性は、チェーホフという大きな世界を見るための一視点にすぎない。しかしそれはチェーホフの世界の根底につねに何らかの形で存在していたといえるだろう。そしてこの空気的感性こそが、読者の心にごく自然に——それこそ空気のように——入りこむチェーホフの言葉を支え、また、広大な空間における人間の位置という、ロシア的でありながら普遍性をもつチェーホフ的テーマを支え、さらには、精神と物質の分裂、自然の破壊といった、チェーホフ以後も消えず、重みを増していくことになるテーマの底に横たわっているのである。

＊

本書では、一つの小さな作品を入口として、チェーホフの世界を探訪してきた。古典とされる作品の一つひとつの細部には、無限の奥行きが秘められている。ときに寄り添い、ときに突き放しながら、そうした細部を可能な限り多面的に掘り下げていく——ふだんの読書のなかでは行うことのないそうした作業がもたらす発見の楽しみに読者をいざなうこと、それがこの「講義」のめざすところであった。もし本書が、チェーホフの作品、あるいはほかの何かを味わう際のヒントをわずかでも提供できたならさいわいである。

最後に、本書は多くの援助の上になりたっている。山崎タチアナ氏からはロシア語とロシアの風土に関して貴重なヒントをいただいた。妻の敏子からは翻訳と日本語表現で強力なサポートを得た。日ごろインスピレーションをいただいている方々を含め、支援いただいた方々に感謝申しあげる。

文献一覧

チェーホフの作品と書簡

引用は以下の版に拠った。

Чехов А. П. Подное собрание сочиний и писем: В 30 т. М.: Наука, 1974-1983.

本書におけるロシア語からの翻訳は、すべて私訳である。ただし、チェーホフの作品のタイトルに関しては、基本的には松下裕訳のタイトルを踏襲した（ちくま文庫の『チェーホフ全集』、新潮社の『チェーホフ・ユモレスカ』、水声社の『チェーホフ小説選』、岩波文庫の二冊など。ただし版によってタイトルが改まっている場合がある）。加えて、中央公論社版『チェーホフ全集』（全十六巻、再訂版、一九七六－一九七七）のタイトルも参照した。

その他の文献

チェーホフの周辺の人物の回想・手紙

А.П. Чехов в воспоминаниях современников. М.: Худож. лит., 1986.

Переписка А.П. Чехова. В 3 т. М.: Наследие, 1996.

Левитан И.И. Письма, документы, воспоминания. М.: Искусство, 1956.

他の作家の作品・評論

Белый А. Критика. Эстетика. Теория символизма: В 2 т. М.: Искусство, 1994.

Белый А. Петербубг. Роман в восьми главах с прологом и эпилогм. М.: Наука, 1981 (Серия «Литертурные памятниики»).

Достоевский Ф.М. Полное собрание сочинений: В 30 т. Л.: Наука, 1972–1990.

Толстой Л.Н. Полное собрание сочинений: В 90 т. М.: Гослитиздат, 1928–1958.

Тургенев И.С. Записки охотника. М.: Наука, 1991 (Серия «Литературные памятники»).

Тургенев И. С. Полное собрание сочинений и писем: В 30 т. 2-е изд., испр. и доп. М.: Наука, 1978–.

Фет А. А. Стихотворения и поэмы. 3-е изд. Л.: Советский

писатель, 1986 («Библиотека поэта», большая серия).
『芥川龍之介全集』第七巻、岩波書店、一九九六。

研究文献

Арутюнова Н.Д. Язык и мир человека. 2-е изд., испр. М.: Языки русской культуры, 1999.

Виноградова В.Н. Об эволюции стиля А.П. Чехова (особенности правки) // Стилистика художественной литературы. М.: Наука, 1982. С. 85–98.

Головачева А.Г. «Студент»: первый крымский рассказ // Вопросы литературы, 2006, №1. С.276–296.

Долженков П.Н. Чехов и позитивизм. 2-е изд. М.: Изд-во «Скорпион», 2003.

Захаров В.Н. Пасхальный рассказ как жанр русской литературы // Евангельский текст в русской литературе XVIII–XX веков. С.249–261.

Карасев Л.В. Вещество литературы. М.: Языки славянской культуры, 2001.

Лихачев Д.С. Поэзия садов: К семантике садово-парковых стилей. Сад как текст. 3-е изд., испр. и доп. М.: Согласие: Тип. «Новости», 1998. 邦訳 ドミトリイ・S・リハチョフ『庭園の詩学――ヨーロッパ、ロシア文化の意味論的分析』坂内知子訳、平凡社（テオリア叢書）、一九八七［一九八二年初版からの翻訳］。

Мамедова Т.А. Ритмомелодическая организация описаний природы в повести А.П. Чехова «Степь» //Языковое мастерство А.П. Чехова. Ростов-н/Д.: Изд-во Ростовского ун-та,1988, С.97–103.

Пумпянский Л.В. Тургенев-новеллист //*Он же*. Классическая традиция: Собрание трудов по истории русской литературы. М.: Языки русской культуры, 2000. С.427–447.

Топоров В.Н. О «поэтическом» комплексе моря и его психофизических основах //*Он же*. Миф, Ритуал, Символ, Образ: Исследования в области мифопоэтического: Избранное. М.: Издательск. группа «Прогресс»—«Культура», 1995. С.575–622.

Топоров В.Н. Странный Тургенев (четыре главы). М.: Российск. гос. гуманит. ун-т, 1998.

Чудаков А.П. Мир Чехова: Возникновение и утверждение. М: Советский писатель, 1986.

Шмид В. Проза как поэзия. Пушкин, Достоевский, Чехов, авангард. СПб.: ИНАПРЕСС, 1998.

Stowell, H.Peter. *Literary Impressionism: James and Chekhov*. Athens: University of Georgia Press, 1982.

Kronegger, Maria Elizabeth. *Literary Impressionism*. New Haven: College and University Press, 1973.

Nilsson, Nils Åke. *Studies in Čechov's Narrative Technique: "The Steppe" and "The Bishop"*. Stockholm: Almqvist & Wiksell, 1968.

Shcherbenok, Andrey. "'Killing Realism': Insight and Meaning in

Anton Chekhov." *The Slavic and East European Journal* 54.2 (2010): 297-316. Web. 2 Dec. 2014.
レオニード・グリゴーリエヴィチ・アンドレーエフ『印象主義運動』貝沢哉訳、水声社、一九九四。
池上嘉彦『日本語と日本語論』ちくま学芸文庫、二〇〇七。
ガストン・バシュラール『空と夢——運動の想像力にかんする試論』宇佐見英治訳、法政大学出版局（叢書・ウニベルシタス）、一九六八。

最後に、本文では触れられなかったが、本書の関心に通じる事柄を扱った興味深い文献を二点だけ挙げておく。

チェーホフ自身の自然（とくに植物）とのかかわり、また領地メーリホヴォの自然環境を知るという観点からは、

小林清美『チェーホフの庭』群像社、二〇〇四。

レヴィタンを中心とする十九世紀ロシア風景画に関して、また、一九世紀ロシアの文学と美術が現代ロシア文学において再現（と破壊）の対象とされる事例に関しては、

福間加容・望月哲男「ソローキンと絵画——小説『ロマン』と一九世紀ロシア美術」『現代文芸研究のフロンティア（Ⅶ）』（「スラブ・ユーラシア学の構築」研究報告集 № 9）スラブ研究センター、二〇〇五、四一－六八頁。

【著者】

郡 伸哉

…こおり・しんや…

1957年生まれ。中京大学国際教養学部教授。

大阪外国語大学大学院修士課程修了。ロシア文学専攻。

著書：『プーシキン —— 饗宴の宇宙』（彩流社、1999）

訳書：プーシキン『青銅の騎士　小さな悲劇』（群像社、2002）

フィギュール彩㊽

チェーホフ短篇《たんぺん》小説《しょうせつ》講義《こうぎ》

二〇一六年二月二十九日　初版第一刷

著者 —— 郡 伸哉

発行者 —— 竹内淳夫

発行所 —— 株式会社 彩流社

〒一〇二—〇〇七一

東京都千代田区富士見二—二—二

電話：〇三—三二三四—五九三一

ファックス：〇三—三二三四—五九三二

E-mail：sairyusha@sairyusha.co.jp

印刷 —— 明和印刷（株）

製本 —— （株）村上製本所

装丁 —— 仁川範子

ISBN978-4-7791-7037-9 C0398

http://www.sairyusha.co.jp

フィギュール彩

〈既刊〉

⑬ゴジラの精神史

小野俊太郎◉著

定価(本体1800円+税)

1952年に発効したサンフランシスコ講和条約によって、「占領下の日本」から脱した1954年11月3日の文化の日に初代ゴジラは誕生した。なぜ、ゴジラは生産され続けるのか？ゴジラの裏に見え隠れする“アメリカの影”とは？　54年目の第一作を徹底的に読み解くことによって見えてくる精神史！

㊱フランケンシュタインの精神史
シェリーから『屍者の帝国』へ

小野俊太郎◉著

定価(本体1800円+税)

フランケンシュタインと日本SFの相関をさぐる文化論！200年前に書かれた『フランケンシュタイン』が提示する問題系の現代的な意義＝「つぎはぎ」「知性や労働の複製」「母性をめぐる解釈」など、小松左京ら第一世代から第三世代以降の伊藤計劃や円城塔まで、日本戦後ＳＦへの継承をたどる！

㊸スター・ウォーズの精神史

小野俊太郎◉著

定価(本体1800円+税)

なぜタトゥイーンに２つの太陽が必要だったのか、アメリカ的な物語がどうして世界に広がったのか――「父と子」と「母と子」の物語が絡み合う２つの三部作(Ⅰ～Ⅵ)の関係を読み解き新たな読みを提示する「スター・ウォーズ読本」！

フィギュール彩

既刊

⑮ 快読『赤毛のアン』

菱田信彦◎著

定価(本体1800円＋税)

多くの文学少女の心を捉えてきた不朽の名作の、あらすじをたどるだけでは分からない原作の面白さを、児童文学専門の著者が、章ごとにポイントとウンチクを徹底解説します。

村岡花子がどのようにアンを訳したのかなども詳細に解説し、『赤毛のアン』の世界が10倍楽しめる内容です！

㉖ ヘミングウェイとパウンドのヴェネツィア

今村楯夫、真鍋晶子◎著

定価(本体1900円＋税)

ヘミングウェイとパウンドはともにアメリカに生まれ、人生の大半を外国に暮らした。事物を直視し、極限まで文字を削り、言葉の響きに耳を傾け、言葉を紡いだ。ふたりは定型と固定観念を打ち破り、実験的な文学的「挑戦」を続けた。ふたりは文化の都·パリを離れ、ヴェネツィアで交錯する。

㊳ ワーキングガールのアメリカ 大衆恋愛小説の文化学

山口ヨシ子◎著

定価(本体1800円＋税)

19世紀後半のアメリカに大量に出現した「ワーキングガール」たち。彼女たちは、生活に必要な最低賃金も支払われない過酷な長時間労働のなかで、当時、大量に出版されていた安価な「大衆恋愛小説」を愛読していた。文学史からこぼれおちた「大衆と読書」の関係を浮き彫りにする。